エルヴァインの、ゼノの歌声によって齎される熱狂的な興奮と、
それを失う喪失感とで観客達は大いに泣き、大いに沸いた。
正しく混沌。その中心に立つゼノの姿は、
黒く染まった天使のツバサを持つ混沌の化身であった。
堕天使設定のV系ヴォーカリスト、召喚された異世界で救世主となる
1st 黒き翼の序曲《オーヴァチュア》

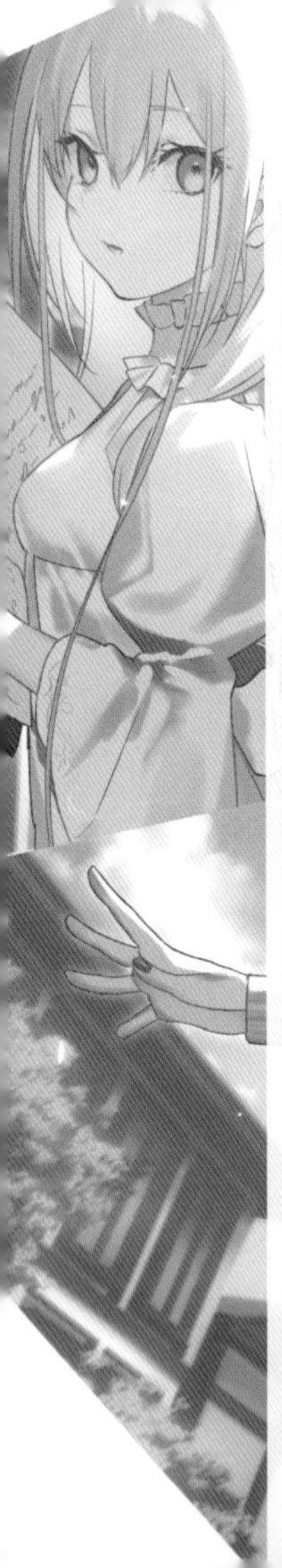

CONTENTS

堕天使設定のV系ヴォーカリスト、召喚された異世界で救世主となる

1st 黒き翼の序曲《オーヴァチュア》

赤石赫々

ファンタジア文庫

3325

口絵・本文イラスト　マシマサキ

堕天使設定のV系ヴォーカリスト、召喚された異世界で救世主となる

1st 黒き翼の序曲《オーヴァチュア》

赤石赫々
Kakkaku Akashi

イラスト
マシマサキ
Mashimasaki

第零章　其の一　オワリとハジマリ

　収容人数五万人以上を誇るドーム。

　スポーツの会場として――あるいは、アーティスト達の憧れとして、誰もがその名を知るであろうスタジアムで今日、一つの物語が終わりを迎えようとしていた。

　その日のドームは膨大な収容人数を誇りながらもなお超満員、文字通りに観客達で溢《あふ》れかえっている。

　彼らを集めたのは超人気のヴィジュアル系バンド『エルヴァイン』だ。ヴィジュアル系という異色のジャンルでありながらも国民的アーティストとまで呼ばれるようになったバンド『エルヴァイン』――今日は、その解散コンサートが行われる事となっていた。

　コンサートの会場では観客達が興奮と悲しみとで浮足立ち、コンサートへの期待が、解散への嘆きが幾万もの小さな話し声として発され大波のようになって木霊《こだま》している。

　一方で、そんな喧騒《けんそう》からは少し離れたドーム内の控え室――そこには、張り詰めた弦《げん》のような空気が満ちていた。

集まったエルヴァインのメンバー達は、一言も発さない。

険悪とは少し違う沈黙はやはり、言い表すのならば緊張感というのが正しいだろう。

その中の一人、椅子に腰掛け手を組む青年が、緊張を爪弾くように声を発した。

「どうしても――考え直すつもりはないのか」

胡乱《うろん》な陽炎《かげろう》の如《ごと》く、気だるげで、しかしオーラのある力強く美しい声だ。

ただ言葉を発するだけで注目を集めるカリスマ。その声の持ち主こそが、全くの無名からたった五年で五万人以上の観客を集めるまでになった国民的アーティスト――『エルヴァイン』のリーダーである『ゼノ』であった。

声を向けられたのは当然、エルヴァインのメンバー達。問いかけは、彼らの『選択』に対して――

ぐ、と息をつまらせつつも応えるのは、独特のメイクの上からでも快活な雰囲気を見せる青年だった。

「もう、言ったろ？　一旦はお前だって納得したはずだ……」

ゼノの問いかけに応えたのは『ノヴァ』。エルヴァインでサブリーダー的な立ち位置を持つ、ベース担当だ。

ゼノが『ゼノである前』から長い付き合いを持つ、親友である彼が他のメンバー達に代わってゼノへの言葉を代弁する。

「俺達は——エルヴァインは、これで終わりだって。……いや、お前が『エルヴァイン』を続けるのなら、俺達はそれで構わない。エルヴァインは、お前のモンだ。ゼノ、のバンドだ」

嫌味は感じさせず——辛《つら》そうに、ノヴァは言う。

組んだ手に顔を埋《うず》めるゼノを見て、メンバー達はバツが悪そうに視線を外した。

五万人以上の観客を容易《たやす》く集める大人気バンド『エルヴァイン』。人気の絶頂にあると言って憚《はばか》らない彼らが、今日解散を迎える理由、それは音楽性の違いや仲違《なかたが》いなどではなかった。

「悪いとは思ってる。でも、正直オレ達じゃもうついていけないんだ。……お前の、才能にさ」

それはひとえに、ゼノとメンバーとで実力、そして音楽にかける思いの強さに大きな隔たりがあったからだった。

「エルヴァインがここまで来られたのは、全部お前の力だ。超満員のドームコンサートなんて冗談みたいな光景、お前がいなきゃ考えもしなかったと思う。けどよ、こっから先は、俺達には重すぎるんだよ……」

メイクで覆った顔に、それでもすぐに分かるほどの悔しさを浮かべて、ノヴァは絞り出すようにそう発する。

吐息に声を混じらせて、ゼノはそんな彼を見ていた。

――だが、やがて何かを言いかけて言葉を飲み込み、そして再び口を開く。

「こちらこそすまない。……済んだ話を、未練がましかったな」

『そんなことはない』。ノヴァ達もまた一流であると、そう言おうとしてゼノはその言葉を飲み込んだ。

「音楽は――重荷であってほしくない。オレ自身が納得した話だった」

飲み込んだその言葉が、メンバー達への呪いになると、彼は知っていたからだ。

音楽に対して、ゼノは何よりも真摯であった。だからこそ、彼は音楽に関して嘘《うそ》は吐《つ》きたくなかった。

はっきり言って、エルヴァインのメンバーは誰もが一流だ。そうでなければ、『エルヴァイン』が日本で一番と言えるほどの人気を獲得することはなかっただろう。

それはそうだ。ゼノがどれだけ優れた存在でも、一人でいくつもの楽器を奏《かな》でるのは不可能だ。いくつもの音を重ねるバンドという形態を取る以上、メンバー達の力が必要なのは明白だった。

しかしかといって、明らかに優れた集団に中途半端《ちゅうとはんぱ》な存在が交じればそれは不協和音を生んでしまうだろう。それを避けるには、優れた者が劣った者にレベルを合わせるしかない。

エルヴァインというバンドがここまで大成した現在《いま》こそが、その総合力の証明であった。

「音楽は重荷であってほしくない、か。変わんないよな」

だが同時に――音楽に対して誰よりも真摯であるからこそ、ゼノは彼らが言うこともまた事実であることをわかっていた。

それを自らで否定しつつも、心の底ではその『事実』に気づいてしまっている。

ノヴァをはじめとするエルヴァインのメンバーは全員が一流で、天才だ。その上で努力も続け、私欲のみではない情熱で音楽を続けてきた。

「『音楽で世界を救う』って、このバンドを結成する前から言ってたもんな、お前。最初は冗談だと思って笑ったけどさ、お前なら、できるって、今はマジにそう思うよ」

だがゼノのそれは、メンバー達を遥《はる》かに上回っていた。

彼らが一流だとするならば、ゼノは超一流だ。エルヴァインというバンドの音楽は、ノヴァ達他のメンバーにゼノが合わせることで成り立っている。

『音楽で世界を救う』。あまりの青臭さに聞けば失笑してしまうような夢を掲げ、全力で夢に邁進《まいしん》してきた天才。

「……ああ」

それが、ゼノという男だった。

きっかけは些細《ささい》なこと。特に秀《ひい》でた所もない青年が、ある日音楽で救われたという人をテレビで見かけた。

そのアーティストの曲を聞いた青年はいたく感動して、そして自分もそうなりたいと思った。

そのアーティストは言っていた。音楽は世界を救えると。そのアーティストがどういう心境でそんな事を言っていたかは、定《さだ》かではない。

なにせ、青臭い言葉だ。報道関係者へのリップサービスか、自信のほどをアピールするイメージ戦略と見るのが普通で、本気で額面通りに受け取るべき言葉ではない。

だが、それが『ゼノ』を生み出す事となり、眠っていた才能を発掘する事となった。

あまりにも短絡的な思いつき――『音楽で世界を救う』。ある日から、それがゼノにとっての全てとなった。

もともと変身願望があったのだろう。なりたい自分になるために、そして狂気的なまでに打ち込む大義名分として劇場型のヴィジュアル系という形式を選び、一心不乱にその姿を演じてきた。

やがてどこにでもいる青年は『ゼノ』となった。

『エルヴァイン』の『ゼノ』は、音楽で世界を救うという夢を掲げて生きてきた。だからこそ、音楽が誰かを苦しめるなんてことはあってはならない。それが親しい友人であるのならばなおのこと。親しい友さえを苦しめる音楽が、世界を救えるはずなんてないのだから。

「最後のライブになっちまうけど……お前のおかげで、最高のゴールを迎えられたのには感謝してる。満杯のドームなんてさァ、アーティストの夢だぜ、マジで！」

沈痛な面持ちのゼノにいたたまれず、ノヴァが敢《あ》えて快活に、そう叫んだ。遅れて、他のメンバー達も笑みを浮かべる。

彼らもまた――ある意味では一番の、ゼノの『ファン』だった。その輝かしい才能に魅せられ、埋もれさせてはならないと世界へと届けるために、己の実力不足を認識しながらも今日までやってきた、最も敬虔《けいけん》な信徒達。

だからこそ、高く高くへと羽ばたいていく彼の重石《おもし》になっているのが、とうとう耐えられなくなってしまった。

五万人を超える観客、超満員のドーム。それはたしかにアーティストとしてはゴールの一つだろう。

だがそれは、ゼノにとっては通過点の一つに過ぎない。

ゼノにはそれだけの力があり――そして、メンバー達には、それがなかった。

「イカロス……か」

どこまでも翔《と》べる翼だと思っていた。しかし目指す夢に手が届くことはなく、今その翼は失われようとしている――

自嘲的に笑い、そして呟《つぶや》くゼノの声は、メンバー達に届くことはなかった。

「準備OKです！」

「あざッス！」

会場の準備が整ったと伝えるスタッフの叫びに、ノヴァ達が応えるその声にかき消され。

視線が、ゼノへと集まる。ゼノは口元を隠したまま、静かに宣言する。

「……行こう」

『エルヴァイン』の終わりを告げる、ラストライブ。そのハジマリを。

悩み、惑う青年の貌《かお》を楽屋へと置き去りにして、ゼノはギターを背に負った。

◆

「ゼノ様ー！」

「辞めちゃやだーっ！」

会場へと姿を現したゼノ達を迎えたのは、ファン達の絶叫だった。

女性の声が気持ち多めだろうか。しかしエルヴァインの解散を惜しむ声は、男女を問わない大衆のものだった。

ヴィジュアル系、それは音楽のメインシーンからはやや離れた形式と言えるだろう。

それでも、彼らは万雷の如き歓声をもって迎え入れられる。

今この場には五万人を超えるファン達が集まっているが、このラストライブはインターネットでも配信され、その最後の勇姿はこの場にいる倍やそこらでは利《き》かない数のファン達が見守っている。

昨今の業界において、これは正しく異常と言えるほどの人気だろう。

十二分に非現実的とも言えるほどの大成功が、『エルヴァイン』のメンバー達の前に広がっている。

……それでもなお、ゼノの胸中にあるのは戸惑いと迷いだった。

音楽で世界を救いたい——そんな、青臭い夢を掲げてここまで歩んできた。

だが果たして、その夢をどれだけ叶《かな》えたと言えるだろうか？

無名の学生バンドから駆け上がるようにしてここまで上り詰めたエルヴァイン。しかしその成功を羨む者がアンチと化したこともあった。アンチの存在はファンとの間に軋轢《あつれき》を生み、ゼノが嫌う争いを起こすことさえあった。

世界を救いたくて、争いをなくしたくて歌っていたはずなのに。

また、この場にいないファンのこともゼノには気がかりであった。

場所や時間に都合がつかない、単純に配信で十分だから――そうしてこの場にいないファンはまだいい。

だがチケットを手にすることが出来なかったファン達は？

――『エルヴァイン』は、人々を救うために禁を犯して天より追放された堕天使達、という設定のバンドだ。

ゼノはそうして救いを掲げ、ダークなイメージのメイクや堕天使というキャラクターとは反するような、人々を勇気づける歌を歌ってきた。

真摯な活動もあり、実際にゼノの歌に勇気づけられたという声や、救われたというファン達の声も聞いている。

だからこそ、この最後という機会を均等に与えられない事を悔いていた。

そして何より、今もなお轟《とどろ》くファン達の悲鳴にも似た声だ。

ろうか？

……何一つ、自分は成し遂げられていやしない。

エルヴァインの終焉《おわり》を嘆く声。彼らを残して去ることが、自分のしたかったことなのだろうか？

「（オレは――）」

それが、傲慢とさえ言える悩みであることは言うまでもない。

だが同時に、それだけの力と想《おも》いを彼が持っているのも、また事実であった。

未熟、未完成、自分はまだ完璧ではない。これだけの光景を前にしてなお、そう悩むゼノの姿は正しく堕天使のそれであったかもしれない。

救いを掲げたその日から、ゼノは毎秒ごとを『ゼノ』となるべく邁進してきた。

『救いの堕天使ゼノ』ならばどうするか。それだけを考えて生きてきた。

だからこそこの光景《成功》があり、そして彼は悩んでいる。

しかし――

ゼノが指を掲げる。天を指すように――しかし、ただそれだけの動作。

ただそれだけで、大勢の観客達の視線はその揺れる心と共にただ一点へと吸い込まれ、海が割れるほどに鳴り響いていた観客達の声がぴたりと収まった。

その姿は、正しく崇拝する神が降り立ったかの如《ごと》く。

「オレ達は――今日、神界《パライソ》へと還《かえ》る……」

照明が落ち、スポットライトがゼノのみを照らす。

この世界にゼノのみが存在しているような錯覚が、観客を――そして、ノヴァ達を包む。

嗚咽《おえつ》を必死に抑えて、観客達はゼノの言葉にいっそ健気《けなげ》なほど耳を傾けていた。

「エルヴァインは、『救い』を掲げて今日まで活動してきた」

語りながらゼノの脳裏に浮かぶのは、『エルヴァイン』結成の日から今日までのことであった。

『救済の黒天使《ブラックダイヤ》』ゼノを名乗り、ただひたすら役を――音楽で世界を救うべく降臨した堕天使を演じてきた。

そのための能力を磨き、設定を演じる。

そうして、五年かけて、ここまでやってきた。

今やエルヴァインは日本では知らないものがいないほどとなり、膨大な収容人数を誇るドームでさえ抱えきれぬほどのファンを獲得するに至った。

「オレの目に映るこの光景は、この下界での活動の結果だと思う――」

しかし、まだ道半ば。嘘《うそ》は言わず、だが無念はおくびにも出さず、ゼノは静かに語る。

救済の堕天使を演じる彼が、自分達の最後の姿を見に来たファンを前に、落胆を見せるわけにはいかないからだ。

そして、彼はやはり天才で——その真なる想いを知るのは、解散を提案したメンバー達だけだった。

圧倒的なプロ意識、そして音楽への想い、無欲の善性。——優れすぎたリーダー。皮肉にも、それこそがエルヴァインを解散へと導いた崩壊の因子であった。

「神は人間への不干渉という禁を破ったオレ達を神界《バライツ》から追放したが——オレ達の歌がオマエ達に与えた影響を鑑《かんが》みて、考えを少し変えたらしい」

ゼノの不敵な笑みが、設置された巨大なスクリーンに映し出される。

黒いアイシャドウにリップという奇抜なメイク——それでも、美しく、優しい微笑《ほほえ》み。

ブラックダイヤの輝きをもう見られぬ事を嘆き、ファン達が涙に咽《むせ》ぶ。

「ありがとう——オマエ達のその涙が、オレ達を赦《ゆる》した」

涙し嗚咽を漏らすほど、自分達を好いてくれている。

縋《すが》るファンを捨て去らねばならないゼノにとって、確かに残った想いだけは救いとなった。

「一度神界へ還れば、次の降臨はいつになるかわからない。だから、オレ達はエルヴァインを信奉するオマエ達に、歌を遺《のこ》そう。これこそ、エルヴァインが地上に齎《もたら》す最後の託宣である──」

　静かに目をつむり──そして、見開く。

　同時にステージに光が降り注ぎ、闇に紛れていたメンバー達の姿が顕《あらわ》になる。

「一曲目──『ノクタリカ』。……傾注せよ！」

　ノクタリカ。それは夜闇の中、不確かな足元を照らす微《かす》かな光に気づく少女の物語。

　エルヴァインのラストライブ《終焉》は、その始まりの曲をもって開幕を告げた。

　全くの無名から始まったエルヴァインの最初の活動を知るものは少ない。だがその曲がエルヴァインとして送り出された最初の曲であることはここにいる観客の殆《ほとん》どが知っていたし、荒削りな部分がありながらもその曲は人々を魅了するに十分すぎるほどの魅力を持っていた。

　ある意味では、ゼノの天才性を最もよく表した曲だと言えるだろう。

　これほどの大舞台でなお褪《あ》せぬ楽曲は、嗚咽までも漏らしていた観客達を一気に興奮の渦へと巻き込んだ。

　そうして、エルヴァインの足跡をたどるようにライブは進んでいく。

　エルヴァインの、ゼノの歌声によって齎される熱狂的な興奮と、それを失う喪失感とで観客達は大いに泣き、大いに沸いた。

正しく混沌《こんとん》。その中心に立つゼノの姿は、黒く染まった天使のツバサを持つ混沌の化身であった。

平坦《へいたん》なだけの道ではなかった。青空も、曇天も、全てがエルヴァインだった。

観客の熱狂と嗚咽は、そのまま同じようにゼノを苛《さいな》む。

音楽は、確かに人に活力を与えることが出来る。何も持たない自分が『世界を救う』。

そんな夢も、道の続く先にあると思っていたのに。

全ては、虚像《ユメ》だったのか――？

ゼノ自身もまた、様々な想いが入り交じる中、苦しみに喘《あえ》ぐように歌を歌う。

演目が進むにつれ、ライブはさらなる盛り上がりを見せてゆき、ゼノのボルテージが観客へと伝播《でんぱ》する。

エルヴァインのファン達は陶酔にも似た感覚を抱き――そして、ノヴァ達他のメンバーは戦慄していた。

気がつけば、自分達すらも飲み込まれそうなほどに、ゼノの演奏と歌声は鬼気迫るものとなっていた。

この一瞬が永遠に続くのならば、どれほど素晴らしいことだろう。他ならぬ、解散を切り出したノヴァ達さえもがそう思う頃、ライブは最後の曲を終えようとしていた。

ライブは異端者達の漆黒のミサを思わせるほどの熱狂を迎え、ノヴァ達は決して驕《おご》りや傲慢ではなく、このライブは日本の音楽史に刻まれるだろうと確信する。

それほどの一体感。全てをまとめ上げるゼノの圧倒的なカリスマ。

その中心人物と言えるゼノだけが、一段高い次元からライブを俯瞰《ふかん》していた。

――自分が目指す真なる高み。そこへ行けるかどうかは分からないが、エルヴァインをこのまま続ければもっと、ずっと多くの人の心を助けることが出来ただろう。

しかしそれにはノヴァ達メンバーの力が不可欠だ。自分一人では『エルヴァイン』ではいられない。彼らほどのメンバーを探すのも、現実的ではない。

ならば自分の求める境地を目指すには、どうすれば良いのか？

答えが出ないまま――ゼノは一際《ひときわ》大きく弦《げん》をかき鳴らし、そして演奏が終わった。

……一転し、静けさが訪れる。拍手さえも忘れて、いいや、時よ止まれと。この一瞬を永遠に噛《か》みしめるべく、誰もが息さえも抑えてゼノへと視線を注いだ。

ゼノは注がれる視線に応えるように客席を見回し――恍惚《こうこつ》とする観客達の表情に、改めて音楽の力を実感する。

そこに涙はなかった。ゼノの歌が、悲しみを吹き飛ばしたのだ。

この興奮が落ち着き、エルヴァインの終焉《しゅうえん》が訪れれば、再び彼らの顔には涙が浮かぶだろう。だが涙はまた拭えばいい。『エルヴァイン』ならば、それが出来るのだから――

「(これで、終焉《おわり》なのか――)」

だからこそ、ゼノが誰よりもその終わりを惜しんでいた。

それは何よりも、エルヴァインを信奉するファンの、やがては遍《あまね》く人々の救いを願うが故に。今、彼は『救済の黒天使《ブラックダイヤ》ゼノ』とかってないほど結びつきを強めていた。

このライブは、ゼノに強い手応えを残した。救い《ユメ》は虚像《マボロシ》で終わらない。だが同時に、今のままの自分ではその夢を摑《つか》みえない現実も――

ここでメンバーを失うのは、翼をもがれるも同じだった。

摑みかけた夢を捨てたくはない。だがそれには今のままの自分ではダメだ。

少なくとも――最後の曲を歌い終えたにもかかわらず、ファンにかける言葉に惑う自分ごとき、ごときでは。

だが、ここでファンの想いを裏切るわけにはいかない。

最後のMCを行おうと、ゼノが再びスタンドのマイクに手を這《は》わす――その時だった。

「……！」

背後に強い煌《きら》めきを感じ、ゼノはライブ中であるにも拘わらず、普段の彼からはありえない行動として、振り返った。

「これは――光の、階段……!?」

そこには、光り輝く階段が現れ、天へと続いていた。

予想さえしていなかった光景に、ゼノの声にも僅かな動揺が混じる。

「おい、なんだこれ……」

「こんなの予定にねえぞ……ゼノッ！」

そう、こんな演出は予定にないのだ。

一度は追放された天へと還るという設定のラストライブだが、予定している退場はもう少し後、これとは全く違う演出によって行われる。

メンバー達に戸惑いが伝播する。自然と、視線はゼノへと向かっていた。

ゼノが自分達にも黙って演出を考えたのか、と。

しかしプロ意識が極めて高いゼノが無用なイレギュラーを生みかねないことに目を瞑《つぶ》り――何よりも、自分達にさえ話さずライブの演出を勝手に変えてしまうことは、ノヴァ達には考えられなかった。

「とうとうお還りになってしまうのか……」

「嫌だよぉ……」

一方で観客達はあまりにもゼノに相応《ふさわ》しき終幕として、それを予定通りのものであると疑わず、とうとう訪れるエルヴァインとの別れに咽び泣《な》いていた。

……よく見れば、階段は光源を要せずそれ自体が神々《こうごう》しく光り輝き、何もない空間に今突然現れたことに気づくだろう。

そう、これは正しく予定外の、れっきとした超常現象であった。

それをそう思わせないのは、それほどまでにゼノを信奉しているからだ。

飽くまでも堕天使云々《うんぬん》は設定だと現実的な視点でいるファンでさえ、流石《さすが》はエルヴァインのラストライブだと演出に感心し、その不自然さに気がつかないほどに。

ならば、そのゼノは――

光り輝く階段を見て、ゼノは一度だけ、『ゼノ』が絶対にしないような呆《ほう》けた表情を見せた。あるいは、これこそが『ゼノ』ではない彼自身の表情だったのかもしれない。

しかしそれも一瞬のこと。ゼノは、噛みしめるように不敵な笑みを浮かべた。

「新たなるステージ――そういうことか」

かつてないほどに『ゼノ』との一体化を深めたゼノは、あろうことかそれをそうあるものとして受け入れた。

言うなればＡＳＣＥＮＳＩＯＮ。自分の後ろにそれが現れたということは『昇れ』ということなのだろうと。

ならば自分は、夢見がちな青年をここに置いて征こう、と。

「お、おいゼノ……？」

「心配するな。お前達は、あとから予定通りにするといい」

困惑したメンバーがゼノに詰め寄ろうとするのを制し、ゼノは一度観客席へと振り返った。

「オレ達の歌は、オマエ達の胸に残ると信じている。……いずれまた会おう！　再会を信じているオレは、多くを語らない……！」

今はこの場から姿を消そう。しかし、いずれさらなる救いを齎さん。

その決意を胸に、ゼノは振り返る。

背からは別れを惜しむ声が、ライブへの称賛が、波濤《はとう》となって叩《たた》きつけられている。

数多《あまた》の激励を受けながら、ゼノは光り輝く階段を一歩ずつ踏みしめ、登っていった。

やがてゼノが階段の頂上へと足をかけると、一際強い輝きを放ってから砂が崩れ落ちるように、跡形もなく消えていった。

ここでようやく、観客達もその演出の異様さに気づき始める。

ノヴァ達は最後の大仕事としてその混乱を納めるように『予定通り』の退場を行い——

ゼノは伝説のみを残し、全く完全にこの世界から姿を消した。

ゼノが『ゼノ』であるため、その素性をひた隠しにしてきたこともあり、その消息を知るものはいない。

後日、地上から去っていった堕天使は瞬《また》く間《ま》に神格化され――その『実在』さえもが語られるようになったのは言うまでもない。

第零章　其の二　白妙の姫の声に応えるは

ゼノが消えた日本——地球から遠く、遠く離れたある場所。

豪奢《ごうしゃ》なカーテン、その向こうから差し込む光がなめらかな石の壁と赤い絨毯《じゅうたん》を照らす荘厳《そうごん》な廊下。

そこを、一人の少女が小さな体で、地を鳴らすように歩いていた。

その小さな体で、柔らかな絨毯ごしに音を鳴らして歩くことなど出来はせず、しかして怒りを見るものに伝えるように、のし歩いていた。

「(全く、不愉快極まりない……!)」

あどけなさを残す輪郭を怒りで膨らませ、知性を感じさせる瞳の光を歪《ゆが》めながら、少女は歩く。

銀細工の如《ごと》き美しい銀髪は怒りに乱されながらも、流水の様に艶やかな光を湛《たた》え、清廉な空気を纏《まと》っている。

身なりもいい。纏うはドレス、装飾は少ないながらも生地はよく、膨らんだスカートのシルエットが可愛《かわい》らしい。

その高貴な顔立ちと落ち着きながらも美しい服装は、この華美な廊下と併せてみればまるで一国の姫のようだ。

——いや、ようだ、ではない。それは事実であった。

少女の名前はリーゼ。このパルサージュという世界の、グランハルト国の王の娘。

遠く離れた異界の地、地球の言葉で言うならば彼女は『異世界のお姫様』であった。

ただしその身を取り巻く事情は少々複雑である。

そして、それこそが彼女の頰をふくらませる怒りの火種であった。

すれ違う使用人達が声をかけることをためらう表情で、実際に拒絶の意志を振りまきながらリーゼは歩く。

やがて廊下から窓が消え、空気が少しひんやりとしてくると、目的地にたどり着いたリーゼは張るようにして乱暴に扉を開けた。

扉の先は、書庫であった。飾り気のない椅子とテーブル、そしてぎっしりと本が収められたいくつもの本棚。

……リーゼが殆《ほとん》どの人生を過ごしてきた、彼女の『居場所』である。

陰気臭い匂いの空気を肩できって、乱暴に椅子を引いて腰を下ろす。王族らしからぬ乱暴な仕草だが、この書庫にはリーゼ以外の人間はほとんど訪れない。

そのまま椅子に座ったリーゼは積まれた本を手にとって開き——苛立《いらだ》ちのため息を吐《つ》いて、閉じた。

イライラとした気分が高ぶり、文字が頭に入ってこない。苛立っている自分に腹を立てて、リーゼは椅子の背もたれへ乱暴に体重を預けた。

「お母様のことまで、悪く言うなんて……」

リーゼを苛立たせ、気分を落ち込ませる原因。

それは兄弟姉妹達の言葉であった。

……当然と言うべきか、彼女が王の娘である以上、その兄弟姉妹も同じように王の子である。

だがそうであれば、誰が聞いているともわからない場所で自分達の母親の悪口を言うような者はいないだろう。通常ならば、そのはずだ。

そうたらしめている理由こそが、彼女の身の上を複雑にしている最大の理由である。

彼女、リーゼは王の庶子——所謂《いわゆる》婚外子であった。

父であるグランハルト王に認知され、その血族として認められているものの、母は『王妃』ではない。王である父と、名も知られぬ母の間に生まれた少女、それがリーゼという少女の存在であった。

それ故に彼女は、王と王妃の間に生まれた正統の王子達から蔑まれ続けて生きてきた。

まだ幼かった頃のリーゼは兄弟達からの心無い言葉に傷つき、涙を流し――成長し悪言に慣れてからは鬱陶しい兄弟姉妹を避けるようにして書庫に引きこもって過ごすようになった。

おかげで、それなりには強い心を持つことが出来たと、彼女は自負している。時折顔を合わせた時にバカにされたり、からかわれたりといった事くらいならばとうに慣れてしまったと言えるほど。

……そのはず、だったのに。

記憶の彼方《かなた》に、おぼろげに残る優しい母の姿。その思い出にツバを吐かれることが、これほど腹が立つと思わなかった。

今までは、こんな事はなかったのだ。王子達もいかにリーゼの事を蔑もうと、その母親までも悪く言う事はなかった。たとえリーゼの母の素性がどうあろうと、王に見初められ、リーゼという子までも儲《もう》けるほどの仲になったのは事実だ。リーゼの母を馬鹿にするという事は、その父親であるグランハルト王までも悪く言うようなものである。

事実、リーゼは兄弟姉妹に蔑まれつつも、父であるグランハルト王からは愛情を受けて育ってきた。母はリーゼの物心が付く前に姿を消してしまったものの、ほんの少しの間だけだが、仲睦《むつ》まじく三人で暮らした時間があったのを覚えている。

今では名前さえも思い出せず、父に聞いても教えてはくれない。それでも記憶の中の母は優しく、温かで——

「それを……あんな、下衆《げす》な……！」

思い返すとまた腹が立ってくる。

リーゼの怒りを掻《か》き立《た》てる王子の言葉。それは、母を『うまくやったどこぞの娼婦《しょうふ》』であるとするものだった。

明らかに馬鹿にするような、差別的なニュアンスが含まれた悪言。あの優しく、気品のあった母を何の根拠もなくそのように貶《けな》されたのが、リーゼには我慢が出来なかった。

王族というだけで、人はあんなにも傲慢になれるものなのか。いかに、王族の血というものが重要な意味を持つとはいえ——

リーゼは怒りが収まらないまま、それでも自分を落ち着けようとため息を吐いた。

……その効果は薄かったが、怒ったままに頭は少しだけ冴《さ》えてきた。

今までは、リーゼ本人が何を言われようと母にまで暴言が及ぶことはなかったのだ。何故《なぜ》今になって、王子は『母』のことに触れてきたのか？

書庫で過ごし、様々な知識を身に着けてきたリーゼには分かる。

それは、リーゼへの牽制《けんせい》のためだろう。

「……『双翼の儀式』」

ぽつりと呟《つぶや》いて、リーゼは机の上の本を手に取り、迷わずにあるページを開いた。

そこには今リーゼが呟いた儀式と、この世界の成り立ちについて記されている。

かつてこの世界は戦乱にあった。六柱の悪神が支配し、その臣下の民を争わせる戦乱の時代。争いは長く続き、人々と大地から活力を奪っていった。淀《よど》んだ魔力は大地を汚《けが》し、魔物を生んだ。

しかしある時、女神が一人の英雄を伴ってこの地に降り立った。女神と英雄はたった二人で世界を廻《まわ》り、悪神達を打ち倒した。そして世界から争いを取り去りると、最後はその身を神樹と化して荒廃した大地に恵みを与えた。

更に神樹と化したその身は各地に枝を移すことで六つに分かれ、以後女神は六つの体でこの世界を見守っているという。

これが今もなお健在の神樹と豊穣《ほうじょう》たる世界によって事実として語られる、この世界『パルサージュ』の歴史である。

しかし時を経ることで、神樹は疲弊する。神樹と化した女神の力が弱まり、大地へと与える活力が減ることで大地は痩せ細り、淀みが溢《あふ》れることで魔物が姿を現し始める――

『双翼の儀式』とは、数十年に一度訪れる世界の枯死という危機を防ぐべく各地の神樹に祈りを捧《ささ》げてまわり、その疲れを癒やすことで再び大地に活力を齎《もたら》すという儀式だ。

それを行うのに必要なのが、王族の血を引くものである。女神の伝説になぞらえて英雄を召喚し、各地で女神の試練を受けながら、神樹に祈りを捧げてゆく。

はじめにこれを終えたものが、次の王となる――

王子がリーゼに吐いた暴言は、この儀式への参加を牽制するものだろう。

要するに、相応《ふさわ》しくない血筋を持つお前は儀式へ参加するんじゃないと釘《くぎ》を刺しているのだ。

人を避け、書庫で本を読んで育ったリーゼは、賢かった。浅慮な言葉の意図を探るくらいは容易《たやす》い。

だが同時に人と接してきた時間が少ないからこそ、成熟しているとも言いがたかった。

「……ふん、いいでしょう」

書物をめくり、手を止める。そこには、双翼の儀式で最も重要な『勇者の召喚』についてが記されていた。

勇者の召喚には、女神の直系と言われるグランハルト王族の血統が必要だという。

「婚外子とはいえ私もまたグランハルト王の子――」

つまり裏を返せば、英雄を召喚出来ればそれは『王族』の証明になるということだ。

出来損ないだ、偽物《にせもの》だと蔑まれ続けてきたリーゼが勇者を召喚し、あまつさえ『双翼の儀式』の競争で自分達を脅《おびや》かす存在になった時、あの王子達はどういう顔をするだろう？

リーゼは不敵な笑みを浮かべ、立ち上がった。

『王』となるのに必要なのは、本当に血だけでいいのだろうか？　少なくとも、自分の母を蔑んだあの王子にその資格があるとは思えない。

だったら――

「血筋のみが王たる証《あかし》ではないことを証明して差し上げます……！」

腰を上げ、本を片手に、リーゼは集中する。

体の中から渦巻く力が、精神力によって練り上げられ、力を持った光となる。

「遠く、遠き地にいる英雄よ――」

光る力が迸《ほとばし》り――『魔力』が、リーゼの体から離れ、書庫の床に図形を描いていく。

「我が呼びかけに応え、一対の翼の片翼とならんことを望む」

魔力で描かれた図形がその意味を遂行し、『門』の出口となる。

「我は求む……高潔なる魂を。揺らぐことなき精神を――！」

望む勇者の姿を思い描く。門が遠き地と接続される。

瞬間、眩《まばゆ》い光が魔法陣から溢れ出した！

その膨大な力の奔流に、リーゼは思わず息を呑《の》んだ。溢れる力が本をめくり、そして吹き飛ばす——！

「……っ」

光から感じるあまりに強大な力に、リーゼは今更自分の浅薄な行動を後悔する。

これは、怒りに任せて行ってよい儀式ではなかった。これから呼び出されようとしている『勇者』と呼ばれる存在が、どれほど強大な存在であるかの予感。

王族の血をおそらく——半分しか受け継がない自分が王位継承の儀式に交じることで起きるであろう混乱、様々な考えが頭を廻り、そして過ぎ去っていく。

それでも、書を読《よ》み漁《あさ》って成長した知識欲——好奇心が、リーゼの背に最後のひと押しを加えた。

「応《いら》えよ！　双翼の勇者よっ！」

そして、リーゼは結びの呪文を紡《つむ》いだ。

瞬間——光が渦を巻き、竜巻と化した。

吹き付ける力は更に勢いを増し、そして——黒く、染まる。

「……っ⁉」

黒い竜巻がうねり、暴力的な力が書庫を荒らし回った。

本が舞い、頁《ページ》が千切れて宙を躍る。

ここに来て、リーゼの脳裏に失敗の可能性がよぎった。

この力は、どう見ても邪悪なモノ。まさか、交じる血がそうさせたのか――？　だとしたらやはり、思いつきで行ってよい儀式ではなかった――！

リーゼの後悔と同じくして竜巻は膨れ上がり――しかし、リーゼのそれとは逆に一気に収束していった。

収束した竜巻が弾《はじ》け、黒き羽が舞う。

そして、そこから現れたのは――

漆黒のアイシャドウ。艶やかなリップという奇抜なメイクに彩《いろど》られた――しかし恐ろしいほどに美しい顔つき。

尖《とが》った黒い髪、暗黒のコートと濡《ぬ》れ羽《ば》色《いろ》のファーを纏《まと》う青年であった。

その腰には、一見してなにか分からぬ道具が携えられている。弦《げん》が張られていることからリーゼはそれを楽器のようなものかと思ったが、鋭い形状は斧《おの》や魔法杖《づえ》のようにも見えた。

漆黒の衣服に禍々《まがまが》しい武器を携えるその姿を一言で言い表すのならば――魔王。

「……ここは？」

今までの混乱が嘘《うそ》のような静けさの中、落ち着き払った青年が、独り佇《たたず》んでいた。恐らく召喚の予兆は何らかの形で飛んでいたはず――それにしても、一滴ほどの焦《あせ》りさえ感じさせないその佇まい。

その姿に圧倒され、リーゼはぺたんと尻をついた。

もしかすると、自分はとんでもない存在を呼び出してしまったのかもしれない。

ぐるぐると世界が回る。これから訪れるであろう処分、蔑みが一気に頭を駆け巡り、そして通り過ぎていく。

それよりも、何よりも、今は――

「……私の呼びかけに応えていただき、ありがとうございます。異界の、勇者様――」

未知数の存在に、いいや何よりも自分の呼びかけに応えた遠き地の英雄に、礼を尽くす。

腰を抜かしかけたのも束《つか》の間《ま》、リーゼは落ち着き払って漆黒の青年へと頭を下げた。

「異界？　……なるほど、今のオレに相応しい未知のセカイというわけか……」

要するに「全くわからん」という事を言いながら、青年は自らの唇へと妖艶《ようえん》に手を添わす。

怪しげで、しかし力強く美しい声。だが何よりも滲《にじ》み出《で》るその穏やかさに、高い知性を感じて、リーゼはわずかに警戒を緩める。

「私は、この国の王女の一人、リーゼと申します。よろしければ、お名前をお聞かせ願ってもよろしいでしょうか？」

王女。その響きに青年は意外そうな表情を浮かべた。

まるでファンタジーだ。そう呟いた青年は、頭を振る。

「いや……その常識こそがオレを縛る鎖、か」

……なにやら、別の意味で怪しい気がする。

直感的に、リーゼはそう感じ取った。だがまだわからない。

努めて表情を穏やかに保つリーゼを見据え、青年は口を開いた。

「オレの名はゼノ。人々を救うべく神界《パライソ》より堕天した、救済の黒天使《ブラックダイヤ》――『聖なる茨《エルヴァイン》』のヴォーカルだ」

その自己紹介を聞いて、リーゼはとうとう混乱した。

ゼノ？　パライソ……は場所にしても、救済のブラックダイヤに、エルヴァイン……ヴォーカル？　聞き慣れない言葉の羅列、というか、どれが名前かさえもわからない。

どう反応すべきか？　ここで間違えた場合、どうなってしまうのだろう。リーゼの目が泳ぎ、その脳内のようにぐるぐると回る。

「ゼノと呼べばいい。オレの『狂信者《ファナティック》』はそう呼んでいる——」

「は、はあ……それではゼノ様、でよろしいでしょうか……」

「ゼノでいい。ここではまだオレは誰でもない、ただのゼノだ」

だがリーゼの困惑を汲《く》んだゼノが自らの名を示すと、リーゼはその気遣いを察することとなる。

やたらと詩的な言い回しが気になるが、悪い人ではないのかもしれない。目を瞑《つぶ》り、不敵に笑うゼノを見るリーゼはそう思いつつも——

「(どうやら、変な人を呼んでしまったのは間違いないらしいですね……)」

そんな事実を、確信するのだった——

第一章　自称堕天使と勇者の伝説

「……どうぞ、お口に合うかわかりませんが」

「ありがとう。ちょうど、喉が渇いていたんだ」

ゼノの召喚から三十分ほどが経過する頃。

リーゼは自らが淹《い》れた紅茶をもって、ゼノをもてなしていた。

椅子に深く腰掛け、足を組むゼノの体勢は、お世辞にも行儀がよいとは言えない。しかしその所作は奇妙なほど優雅で、美しさに満ちていた。

まるで絵画のような――と思ったのは、当たらずといえども遠からずといったところかもしれない。

彼が演じる堕天使のイメージ、その構築には宗教画などの天使もまた含まれているのだから。

それはさておき。

「『双翼の儀式』、勇者の召喚――大体は理解した。なるほど、どうやらオレは興味深い状況に置かれているようだ」

異世界の王族に召喚され、二人で世界再生の旅へと向かう。それだけではなく、他の王族達が呼び出した英雄達と競争をしなければならない。

唐突に見知らぬ土地に呼び出され、戦う必要がある事を告げられてもゼノは落ち着き払ってティーカップを傾けている。

「通常、呼び出された勇者様はこの話をすると困惑か、あるいは興奮……または怒りを示すと言われているのですが、ゼノは落ち着いていますね」

「起きてしまった出来事に惑っても仕方がない。大事なのはこの先《ミライ》――その礎《いしずえ》となるのが、この瞬間《イマ》だ」

その大物然とした態度は、リーゼを大いに感心させていた。半ば、呆《あき》れが交じるほどに。

だが同時に――期待も膨らむ。実は、彼は元の世界でも名の知れた英雄なのではないか？

そうであれば、他の王族・英雄達と競い合う『双翼の儀式』において最高のスタートを切ることが出来る。

「その、ゼノは元の世界でも有名な戦士だったのですか？」

実年齢よりも幼い顔つきを期待に輝かせ、リーゼは気づかぬ内に身を乗り出しながら、そう問いかける。

「いいや？　オレは、争いごとはキライだ。戦争から、喧嘩《けんか》に至るまでね」

だが当然――ゼノは事もなげに答えた。

ゼノはミュージシャンだ。それも、音楽で世界を救うと、平和の礎になると本気で考えていた筋金入りの。

歌の技術のため、あるいはライブの体力づくりとして基礎的なトレーニングは積んでいたものの、戦いとは寧《むし》ろ対極にある存在である。

「……そうですか」

ゼノの答えを聞いて落胆するリーゼだが――そのダメージは、少なかった。

異界より呼ばれ王族のパートナーとなる『双翼の勇者』だが、パルサージュの他にも世界は無限に存在し、彼らが呼ばれてくる世界もまた多種多様だと言われている。戦乱に満ちた世界もあれば平和で争いとは無縁な世界もあり、呼ばれてくる英雄も戦い慣れた戦士から争いとは無縁な者まで様々だ。

だが呼ばれる『勇者』はその実績よりも素質で呼ばれるという。全く戦う力を持たなかった者はパルサージュに呼ばれることで新たな力に目覚め、過去には平和な世界から来た少年が儀式を制したという例もある。

戦闘経験そのものは有利に働くが、それは決定的な差にはならない。ゼノの言葉を聞いてもリーゼの落胆が少なかったのは、このためだ。

それよりも重要なのは――

「その、だとすると大丈夫なのでしょうか。『儀式』では女神様の遺《のこ》した試練として『守護者』と戦うことになりますし、他の参加者と戦闘になるのも珍しくはないことなのですが」

呼び出した英雄が協力的であるか、信頼関係を築けるかだ。

その点で言うとリーゼの見立てではゼノは――判断不能というのが現在の評価であった。

まず、意思疎通が出来るという点は評価が高い。召喚の儀式には翻訳の術式も組み込まれており、言語の壁を取り去っているものの、より人間から遠い動物などとは感情の色を伝え合うような、ごく簡単なやり取りしか出来ないといった事例が確認されている。

次に、その英雄の思想だ。ゼノのように争いを嫌っていたり、あるいは恐怖や忌避感を示したりする者も珍しいことではない。そもそもが非協力的であったりすると、生活や元の世界への帰還などを交換条件に無理やり従わせたところで、信頼関係を築くのは不可能だろう。この点で、争いを嫌うというゼノの発言は、厳しい感触を与えていた。

「それは構わない。例えば――そう、平穏を得るために、乗り越えなければならない試練が立ちふさがるコトもあるだろうと考えている。言葉遊びのようになってしまうが『立ち向かう』というのならば、それが必要な時はあるだろう」

だが、ゼノは争いを嫌うとは言っても必ずしもそれらと関わらずに生きてきたというわけではない。

自らの矜持《きょうじ》を、あるいはファンの理想を守るべく、彼の歩みは試練の連続だったと言ってもいいだろう。

守るべきもののため、立ちふさがる試練に立ち向かう。ゼノはその行為自体を否定してはいない。

「それがこの世界を救うのに必要なのだろう？　……加えて、半端《はんぱ》な者を王の座に据える訳にもいかない、そういうコトだと認識している」

それ故に、ゼノはリーゼの願いに協力的なスタンスでいた。

世界に再生を齎《もたら》す儀式、そして儀式の勝者がこの世界の王となること。それらを聞かされていたゼノはそこに『救い』を見た。自身の手段とはかけ離れているものの、目的は同じ——であるならば、この時点で拒む理由もない。

「……深いご理解、ありがたいです。しかし——」

これはリーゼにとって嬉《うれ》しい誤算であった。

尤《もっと》も、パルサージュ基準では邪悪な外見のゼノを信頼するならばという話だが。そのあたりは、リーゼ自身の問題にもなってくるだろう。

なにせ、ゼノはその善性故に悩み苦しんでいたほどの、根っからの善人なのだから。

とは言えリーゼもそのあたりはよく理解している。信頼関係を築こうとしているのにまず自分が疑ってかかってはお話にならないと。

それでもやはり黒いアイシャドウにリップという外見は、おとぎ話に出てくる魔神のようで、怯《ひる》んでしまうのだが。

「何か？」

気がつけば、ジロジロと観察してしまっていた。ゼノの問いかけにはっと息を漏らすと、リーゼは少々目を泳がせてから、話題を切り替えることにした。

「え、ええと……ゼノは、ここに来る前は何をしていたのですか？　得意なことなど、聞いておきたいと思いまして」

彼自身に興味があったのは本当だし、必要な情報であるのもまた事実だ。

特殊な技能があるのかというのは重要だ。戦う力を持たない勇者が力に目覚める場合、その多くは修めた技能や生き方、思想がその下敷きになるという。

「アーティスト――」

リーゼの言葉に対して、ゼノは唇に指を添えた。

返ってきた聞き慣れない言葉に、リーゼの不安が掻《か》き立てられる。

だがゼノは迷いなく、強い意志を感じさせる瞳を向けた。

「――アーティストとして、救済を。迷い、苦しむ者達に声を届けていた――」

その答えを聞いて、リーゼは思う。……やっぱダメかも、と。

「それは……その、特殊な信仰とかそういう……？」

恐る恐る聞くリーゼ。

パルサージュは神樹の女神を至上とする絶対的な一神教だ。事実として適切な手順を踏むことで豊穣《ほうじょう》が得られるというシステムが存在している以上、その存在はもはや世界を構築する『法則』の一つであり、存在を疑うまでもないものである。

だがそんな世界にも変わり者というのはいるもので、女神の存在を否定したり、独自の信仰を持ったりする者もごく僅かに存在する。

それらはごく少数であるため普段は気にもかけられず、なにか問題を起こさない限りは取り沙汰されることもなく、単なる変わり者として扱われている。

ならば何故《なぜ》リーゼが否定される事を願いながらもゼノにそう問いかけたかというと――

その言葉にもあった『特殊な信仰』だ。

基本的にパルサージュは信教の自由には寛容である——というか宗教という概念が発達していないため、特に異界から呼び出される勇者の思想は尊重する傾向にある。

しかし——その全てがそうだったというわけではなかったようだが——勇者として呼び出される宗教家というのは、総じてアクが強い人物だったらしい。

いくら思想や信仰は尊重するといっても滅びや破滅を救いとするといっても、それを実現されてはたまらない。そのケースでは勇者を御しきれないと判断したパートナーの王子は、儀式を辞退するまでに至ったそうだ。

「ある意味では間違っていない。オレという堕天使を信奉する『狂信者《ファナティック》』は少なくはなかった」

それによるとゼノの言葉はあまりにも最悪だった。他の王子達から心証の悪い、かつ見下されている自分と『特殊な信仰』を持つゼノの組み合わせは、共通の敵として狙いをつける方便として非常にそれらしい。

これでゼノが『我は破壊を信条とする』などと口にすれば倒すべき邪悪な存在として何人かの王子達が手を組むことだろう。

……が。

「鬱屈を、悲しみを、憤《いきどお》りを、恐れを——そういった苦しみに音楽という声を届ける。

それがオレの『救済』だ」

どうも、自分が思ったのとは少し違うような。

「音楽ですか？」

思わず、リーゼは聞き返していた。返答の代わりに紅茶に口をつけると、ゼノは続きを紡《つむ》ぐ。

「勇ましい若者を、報われる少女を——オレは歌う。苦しみに満ちた世界で、一時の癒しとなるように。そうして立ち上がるための手を差し伸べる。最後に立ち上がれるかは、その人次第だが」

思いの外まともな言葉に、感心からの吐息が漏れる。

だがリーゼははっとして頭を振る。

「つまりアーティストというのは、吟遊詩人のような？」

「遠からずだろうな」

やっぱり、戦闘の方には期待をしない方がいいのかもしれない。

……まあ、彼が悪い人ではないと分かったのは、彼女にとって大きな収穫ではあったが。

この後を考えると、むしろそれが最も重要な情報と言っても過言ではないだろう。

リーゼはまだゼノにざっくりとした説明しかしていない。この後の待遇や依頼の詳細などをしっかりと説明しなければならないし、何より——『双翼の儀式』に参加するにあたって、王への謁見をすることが必要事項となっている。

邪悪な存在を王の前に連れていけば何が起こるかわからない。その点で、ひとまずゼノが悪い人間でないと分かったことはリーゼにとって救いであった。

「それで？　オレは何からすればいい」

「あっ、そ、そうですね。では私と共にグランハルト王に面会を。今からお願い出来ますか？」

「いいだろう」

それに、どうも結構理知的で、少なくとも肝が据わっているのは確かなようだ。

ひとまずは、この奇妙なパートナー候補を信じることにしたリーゼであった。

◆

「ええと……それでは、これから王と面会をするわけですが、二つほど最初に言っておくことがあります」

書庫を出て、謁見の間へと向かうゼノとリーゼ。

コートに手を入れながら歩くゼノは、まさに城、とでも表現したくなる絢爛《けんらん》な廊下に感心しながらも立てられた二本の指に視線を移した。

「まず一つ目。ゼノはこの世界を救うべく召喚に応じていただいた勇者様、という立場にあります。この世界では非常に尊い立場ですし、文化の違いもあると思うので、王に対しても過度にへりくだる必要はありません。最低限敬意を払っていただけるとこちらとしては嬉しいですが」

もちろん敬っていただく分には構いませんよ、と補足しながら、リーゼは立てた指の一本を折りたたむ。

言われずともある程度敬意を払うつもりではあったが、そもそも敬語があまり得意ではないし、知らない間に失礼な態度をとっても不問でいてくれるというのはゼノにとってはありがたい話だった。

「二つ目は、当たり前の話なのですが攻撃的な行動は謹んでください。いくら勇者様とはいえ、王に敵対する意志を見せれば我々も『敵』として相対しなければなりません。……力比べが挨拶、という文化の方が来られることもありますので、念のために告げさせていただきます」

そして、もう一本の指の意味。これは最早《もはや》気にする必要すらないものだった。

そもそも争いごとを嫌うゼノにとっては、言うまでもないことだ。二つの注意に併せて一つ頷《うなず》きを返すと、ゼノは再び一歩前を歩くリーゼに従った。

「見えてきました。……はあ、少し気が重いですね」

リーゼの視線の先を追うと、そこには巨大な扉が威容を示している。

ゼノが比較に思い出したのは、城の門だった。正しくその通りではあるのだが、ゼノが思い浮かべたのは屋外に設置された木製のもの——日本の城の外門と比べると、鉄製で一回り大きな門が屋内に設置されていると放つ圧も一入《ひとしお》だ。

それよりも。ゼノが視線を送ると、リーゼが気まずそうにため息を吐き出す。

「……本来ならば、勇者様の召喚は王に申請してから行うものなんです。我ながら、未熟で情けない話なのですが」

怒りに任せて召喚した、その失礼をゼノには伏せつつ、猛省するリーゼ。

とはいえ、隠そうとしているわけでもない言葉だ。その経緯はなんとなく察しつつも、ゼノは気にせず再び扉へと視線を戻した。

「リーゼです。グランハルト王へ拝謁したく参じました」

リーゼが衛兵へ声をかけると、衛兵は礼儀正しく了解を返し、その大きな扉へと手をかける。

物々しい重厚な音を立てて開いた扉の先は——これまで見てきた廊下が霞《かす》む、豪奢《ごうしゃ》かつ荘厳《そうごん》な空間が広がっていた。

綺羅《きら》びやかな装飾の家具と柱、高い天井、そして王のもとへと続く絨毯《じゅうたん》。正しくファンタジーの世界、空想の中の世界がそこには広がっていた。

「これは見事な――」

幻想的とさえ言える現実の視界に、思わずゼノが声を漏らす。

エルヴァインという世界観を作るアーティストであるゼノにとって、その光景は異世界へ来るに足る、新たなステージに相応《ふさわ》しいものであった。

そして視線の続く先、玉座にはこの空間の所持者にして支配者。この世界の中心たるグランハルト王が鎮座していた。

「おおリーゼ。よく来たな……」

だがその表情は優しく、朗らかで――ゼノはその男の顔に、王というよりも先にリーゼの父を見る。

「はい。……お父様」

一方で、先程まで険しく真剣でいたリーゼの表情も柔らかく綻んでいる。

なるほど、親子仲は良好なようだ。多くは語らずとも穏やかな雰囲気に、ゼノも微笑を浮かべる。

「それで――そちらの方は」

しかし、この場にいるゼノに触れないわけには行くまい。わずかに困惑を滲《にじ》ませつつも、グランハルト王がゼノへと視線を向け、リーゼが硬直する。

聞きながらも、ゼノがどういう存在であるかは王とて察しているのだろう。

今は双翼の儀式が開催される時期で、かつ城で見慣れぬ存在とあれば自明の理だ。

世界の中心たる国の王という立場にあってなおゼノへと一定の敬意を払っていることからも、そのことが窺《うかが》える。

……それでも、その奇抜かつ奇妙なまでに美しい異様な風体を見てしまうと、彼がどういう存在であるかわからなくなる。

「リーゼの導きによりこの地へと参じたアーティスト――ゼノ」

「あーてぃ……？」

「ゼノさんは吟遊詩人のようなものだそうです」

それとなく名前と、アーティストというのがどのような存在であるかを補足する。

敬意を払う立場なのは、王とて同じだ。様々な情報の波に苦しんだリーゼだからこその好アシストであった。

「おお……これは。我が娘の呼びかけに応じていただき、感謝する」

「救いを求めるのならば応えるまで。それがオレの存在理由なのだから」

「そ、それは心強い……」

メイクを強調するかのように目の横へと添えられる指の妖艶《ようえん》な動きに、思わず圧倒されるグランハルト王。

吟遊詩人にしては随分と強気な発言だが、王は不思議と妙な説得力を感じていた。

ゼノは嘘《うそ》を言っているわけではなく、虚勢を張っているわけでもない。王として磨き抜かれた洞察力が、そう伝えていたからだ。

「……少々ユニークですが、悪意のある人ではないと判断しました」

それに、リーゼがこの場にゼノを連れてきたという事は、彼女なりにゼノを認めたという事だ。

娘への信頼がゼノへの信用となり、グランハルト王はそれ以上踏み込むことを選ばなかった。正直なところ、少し面倒くさそうだというのもあったのだが——娘に害を及ぼさないのであれば問題なかろうというのが、王の考えだ。

「それで、その……『双翼の儀式』への参加を、願いに参りました」

それよりも——本題はそちらだ。

リーゼの言葉を受けた王が、威厳のある白鬚《しらひげ》を撫《な》でる。

「本来であれば召喚の儀式より申請が必要であったところ、独断で儀式を行った事を謝罪致します。……ですが、私リーゼはグランハルト王の娘として、異界の勇者『ゼノ』と世界再生の旅へと向かいたく存じます」

娘と父ではなく、王女と王として、リーゼは恭《うやうや》しく頭を下げた。

グランハルト王の目つきも険しいものとなり、僅かな沈黙が流れる。

だが、剣呑《けんのん》な空気ではないことをゼノは察していた。

「面を上げよ、我が娘リーゼ。この世界を想《おも》い過酷な旅へと挑むそなたの想い、しかと受け取った」

言われた通りに顔を上げるリーゼだが、その表情にはまだ緊張が保たれていた。

しかしふと、王が柔らかな笑みを浮かべる。

「大儀である。……身体《からだ》を労《いたわ》れよ。中には、競うことに熱心な者もおるが故」

「では……！」

「双翼の儀式への参加を認める。ゼノ殿、我が娘をお頼み申す」

そこにはやはり、威厳ある、しかし優しい父としての顔があった。

その言葉には思うところがありつつも、ゼノは優しき父としてのグランハルト王に応える。

「確かに承った。全力を尽くすと約束しよう」

「ありがたきお言葉。旅立たれるまで、どうぞゆるりとお過ごしください。世界を救うべく来られた勇者殿に、我らグランハルトは礼を尽くしましょう」

暫《しばら》く顔を見せていない両親の顔が浮かび、ゼノは噛《か》みしめるように笑みを浮かべた。

久しぶりに家で作った林檎《りんご》が食べたいが、それはこちらの世界では叶《かな》わぬ願いだろう。

こちらの世界がどのようなものか知らないが、せめて林檎があると助かるが。

上京した時は遠くへ来たものだと思ったが、それよりもずっと遠いところに来てしまったものだ。五万年以上前……ということになっている記憶を思い出し、『青年』はクスリと鼻を鳴らした。

奇抜にて、漆黒、しかしながら華美である。それでいてどこか素朴な温かさを感じさせる青年に、王は——その立場として許される範囲で、小さく頭を下げた。

「それでは、これにて失礼いたします」

そんな二人のやり取りがなんだかむず痒《がゆ》くて、リーゼは退室を切り出す。

またも、だが先程とは違う音で小さく鼻を鳴らすゼノがやけに腹立たしかった。

勢いよく踵《きびす》を返《かえ》すリーゼ。今のところは彼女に付いて行くしかないゼノは既に歩き出しているリーゼを追うが——顔だけを王に向ける。

「そういえば――オレはやがて元の世界に戻らなければならない。この儀式が終わった後に、還《かえ》る事は可能なのか？」

成り行きでこの世界を救う事になったものの、ゼノの心は地球のファンの下《もと》にある。

これは新たな領域に足を踏み出すための試練だと思っているが、いずれは元の世界へと帰らなければならないというのがゼノの考えだ。

「……」

ゼノの言葉に僅かな逡巡《しゅんじゅん》を見せるグランハルト王。

それは常人ならば気がつかぬほど僅かな瞬間だったが――アーティストとして人の心を動かすべく研鑽《けんさん》を積むゼノが気づくには十分な間であった。

「ええ、そのようにされる勇者殿もおりますな。あるいは、この世界に残ることを選択する者もいますが」

（……全てが嘘というわけではない、といったトコロか。恐らくはなにか隠しているのだろうが、悪意は感じられない……）

ゼノは王の逡巡を見て、静かに胸中から息を押し出した。

悪意ではない、強いて言えば罪悪感――しかしそれもそうならなければ良いと願っているような、そんな寂しげな表情。

「そうか、それを聞けて安心した」

敢《あ》えて、ゼノは何も聞かずに踵を返す。

王がそのようにするのだ、踏み入ったところで答えることはないだろう。飽くまでも優雅で、羽が舞うように静かに、ゼノは謁見の間を後にするのだった。

◆

「……なので、お部屋が用意出来るまでは申し訳ありませんが書庫で待機するようお願い出来ますか」

「構わない」

謁見の間からの帰り道。リーゼはゼノとこれからの予定を話していた。

捉えどころのない淡白なリアクションだが、気分を害しているわけではないのだろう。なんとはなしにゼノの性格というものがわかりかけてきたのは、ひとまず今日の予定を話し終えるというところだった。

「何分飛び込みの参加で色々と押していて申し訳ないのですが、出発は一週間後になるはずです。それまでは最上級のおもてなしをさせて頂きたいと思っておりますので、何かありましたら私や、使用人などに申し付けてください」

「ああ、必要なものがあったら頼もうか」

ひとまず、こちらの世界に来て——ゼノは、自分が賓客として扱われている事は理解していた。出会う人物から謀《はか》る色は感じられないし、実際にそれに相応しい扱いは受けていると感じている。

他にも『儀式』なるものや『勇者』の存在、試練の守護者など、聞かされた話はまるで神話の時代の真《ま》っ只中《ただなか》のようだったがそれらについてはひとまず自分の眼《め》で確かめようと、保留にしている。

「ええと……それでなのですが」

懸念《けねん》すべきは——そこに考えを伸ばした所で、リーゼは数歩足を早めてから、振り返る。

自然とその動きに追従して、ゼノも歩みを止めた。

「言いにくいのですが、私は浅薄にも憤《いきどお》りに突き動かされて貴方《あなた》を呼んでしまいました。なのでもし、やっぱり一週間考えてみて戦う事は出来ないと思われるようでしたら、仰《おっしゃ》ってください。儀式への参加は諦めますし、儀式が終わるまで、元の世界に帰るまではこちらでお世話させていただきますから」

正面から瞳を見据え、かけられた言葉にゼノは眉一つ動かさなかった。

嘘は言っていないようだ。その観察眼で、ゼノはリーゼの想いを感じ取る。憤りで呼んだのも事実だろうし、ゼノの選択に依《よ》らずひとまずは生活の保証をしてくれるというのも本当なのだろう。

　どちらもリーゼにとっては黙っていた方が有益なことだろうに、それを打ち明けるという事は、少なくとも真摯に向き合うつもりはあるのだ。リーゼは中学生かそこらに見える小柄な少女だ。だがことに人付き合いに関しては、とても誠実らしいことが窺える。

　その美徳に、ゼノは満足を感じた。

　小柄で幼気《いたいけ》なリーゼ。しかしその瞳には確かな知性が感じられ——美しさと愛らしさが同居する浮世離れした美貌。ある意味では、今のところここが異世界である事を最も強く感じさせるのが、リーゼという少女の美しさであった。

　だが根っこの部分では、地球にいた人々と何も変わらない。ならば——自分が殊更に何かを変える必要もないのだと。

「よく考えるようにしよう」

　言いながらも、ゼノは恐らくは自分がそう選択することはないだろうと感じていた。

　……ゼノがこの世界に来て聞かされたのは、世界の成り立ちとそれを保つ『儀式』の事、そして彼女や土地の名前くらいだ。

　だが聡明《そうめい》さを感じさせる彼女が一人のアーティストにすぎない自分と共に戦いの旅に出

ようとしているという事実は、ゼノに戦うための『何か』があることを感じさせていた。

そのための力があるのならば、地球と何も変わらぬ人々のためにそれを振るう事はやぶさかでない。

「……？」

気がつけばゼノは笑みを浮かべており、その表情の意図がわからぬリーゼは首を傾《かし》げる。濃いメイクに阻《はば》まれて、また本人の表情が薄いことからゼノの心情は察しづらい。それでも悪い感情は抱いてないのだろうとリーゼは感じ、二人は少しずつ意志を交わし始めた。

最後のライブや直前の緊張から、あるいは怒りに任せて重要な儀式を行ってしまったことから、お互いが発していた張り詰めた空気が緩和しつつある。

だが迷い、あるいは憤りは、完全に消えてなくなったわけではなかった。

「おい、目障《めざわ》りだ。そこを退《ど》け」

立ち止まって視線を交わすゼノ達に、悪意に塗《まみ》れた声がかけられる。

声の主は、廊下の角から姿を現した青年だ。

金髪をオールバックで纏《まと》めた、目付きの鋭い青年——その立場を表す華美な身なりと、王族であるリーゼへの態度を見れば、だいたい察しが付く。

「……ルドルフ、兄さん」

「恐れ多いぞ娼婦《しょうふ》の娘が」

「……っ！」

リーゼの兄――中でも、彼女自身が最も嫌う長兄。

グランハルト王が長子、ルドルフ。切れ長の目が、リーゼを睨《ね》めつけていた。

娼婦の娘。そう呼ばれたリーゼが怒りに歯を軋《きし》ませるのを、ゼノは静かに確認した。

「その様子だと、俺の戒めにも耳を貸さなかったようだな。……身の程を知らぬヤツだ」

ゼノを一瞥《いちべつ》し、たっぷりの嫌味を込めて鼻を鳴らすその様は、正しく傲慢の一言。

その言からすればゼノを呼び出された『勇者』と認識した上の発言だろうが――一切の敬意を感じさせず、はなから見下した態度はある意味で王族らしい、とゼノは思う。

飽くまでも異世界から招いた客人としてゼノに相対したグランハルト王とは正反対だ。

とはいえリーゼの話では他の王族の兄弟姉妹達は競争の相手ということだ。それも無理からぬことかとは思う。

嫌らしいその態度にも、ゼノは特に何を思うでもなく、ただ冷静に物事を見つめ、思案のために目を閉じた。

……その態度が癪《しゃく》に障《さわ》ったのだろう、ルドルフはこれみよがしに舌を打つ。

「ちっ……召喚される勇者は召喚者の力に相応《ふさわ》しい者が喚《よ》ばれると言うが、どうやらその通りのようだな。下品な姿に、無礼な態度——所詮は王族の血を半分しか継がぬ混ざり物が呼び出しただけはある。全く、主従揃《そろ》って不快にさせてくれるものだ」

聞いているだけでも顔を顰《しか》めるような、特に勇者を尊いものとして扱うこの世界の人々にとっては顔を青くするほどの暴言。

ゼノは自分へと向けられた罵詈《ばり》雑言をもってなお、静かに目を開くだけにとどめた。

争いを嫌い、人々の救済を掲げる堕天使——『ゼノ』として生きてきた彼にとって、人間の暴言くらいは気にするほどのことでもない些事《さじ》に過ぎない。

だが何も思わなかったというわけではない。ルドルフは、自分へ向けられたゼノの瞳に昏《くら》い海を覗《のぞ》き込んだ様な、言いようのない不安を覚えた。

怒りではない。哀れみとも少し違う。自分を値踏みし、その上で失望したような——つまらないものを見る瞳。

「フッ……」

カレはオレの理想を体現する存在ではない——ならば多少の悪言など矮小《かわい》なものだ。

興味を失ったゼノが小さく鼻を鳴らすと、ルドルフはまるで炎で煽《あお》られたかのように顔が熱くなるのを感じた。

「俺を見下すか……ッ」

一瞬、全てを忘れて摑《つか》みかかろうとさえする。

ルドルフの威圧を嘲笑《あざわら》ってさえみせたゼノ。そこにルドルフは生まれて初めて『上位の存在』を感じ、あってはならない事象に憤りを見せた。

一方で、先程まで母親を貶《おとし》められ、激昂《げきこう》していたリーゼは自分でも驚くほど冷静に、その異様な場を俯瞰《ふかん》していた。

常に誰かを、何かを見下す以外の態度を見せなかったルドルフの明らかな狼狽《ろうばい》。この城において、それは異常事態であった。

それがかえって、リーゼを冷静にさせた。

「……そこまでです。彼は、グランハルト王が賓客として認めた『双翼の勇者』ですよ。客人への無礼は、如何《いか》にルドルフ王子といえど許されません」

凛《りん》と言い切るリーゼに、舌打ちを返すルドルフ。

世界を唯一救いうる王族の血。この世界では最も尊いとされる血筋を持つが故にルドルフは極めて傲慢だが、傲慢と馬鹿は同義ではない。己の立場はよく理解している。唯一、己よりも強い権力を持つ人間の存在をも。

王が認めた『双翼の勇者』への暴言――儀式が始まってしまえば競争相手という立場であり、人の目も減る以上細かく言われる様なことではないだろうが、それが少なくともグランハルト王の居城で許される行為ではない事を、彼は知っていた。

「……ちっ。不愉快極まりないが、これもいい機会だ。儀式で見つければ、俺が直々に処断してやる……」

この場でなくとも、いいやこの場でなければ、何をはばかることもない。

吐き捨てるようにし、ルドルフはゼノ達の横を通り過ぎていった。

その姿をにらみつけるようにしていたリーゼは、怒りを落ち着けるように閉じた歯の奥から息を押し出した。

「お見苦しい所をお見せいたしましたね」

「構わない」

実際、気にも留めていないゼノの変わらぬ様子を見て、リーゼは苦笑を浮かべる。

「念のため言っておきますけれど、ルドルフの言葉をあまり本気で受け取らないでくださいね。それに、私達は飽くまでもパートナーであって『主従』ではありません。貴方はそういったところは気にしないと思いますが……」

リアクションを見せないゼノ。だが、という事は敢えて訂正をする部分もないということなのだろう。

やっぱり、少なくとも大物ではあるみたい。暴君のように振る舞うルドルフが何も言い返せずにいたのが愉快で、リーゼはくすりと鼻を鳴らした。

「書庫へ戻りましょう。お部屋が準備出来るまで、改めてこれからの事をお話しいたします」

ゼノが頷《うなず》くのを確認して、再びリーゼは書庫へと向かうのだった。

◆

「もう冷めてしまっていますよ。仰っていただければ淹《い》れなおしますのに」

「いいや、今はこれがいい――」

書庫へと戻って、ゼノは椅子に座るよりも先に、出掛けに置いていったポットから自ら琥珀《こはく》色の紅茶を注ぐと、すっかりと冷めたそれに口を付けた。

長い間空けていたわけではないが、紅茶が冷めてしまったことなど確かめるまでもない。客人に冷たい紅茶を飲ませるなんてとリーゼは困惑したが、冷めた紅茶はライブの後すぐこちらへやってきたゼノにとって、ひび割れた大地に降る雨のようであった。

長く、息を吐く。思えばあの熱狂的なライブからそのままこちらへやって来たのだ。如何にゼノとはいえ、疲れを感じて当然である。

しかし、その当然を見せないからこその『堕天使ゼノ』だというのがゼノの考えであった。

「それよりも――」

引かれたままの椅子に腰掛け、ゼノは脚の上で手を組み合わせた。

慌てて、リーゼも――こちらはちょこんと、縮こまるようにして椅子に座る。

「少し、話がしたいな」

「それは、もちろんです。気になることがありましたら、ぜひ聞いてください」

これから行動を共にする必要がある相手だ。信頼の構築は必要不可欠である。

リーゼにとっては願ってもない提案だった。

「リーゼ。キミ自身の話が聞きたい」

ゼノの深く、昏い瞳。それが、リーゼへと向けられる。

すっと瞳の色が深まる様な錯覚を与えるその視線に、リーゼは息を詰まらせた。

「この世界の文化には詳しくないオレの感覚だが――先程の青年を見て、オレはカレはあまり王には向いていないのではないかと思った。傲慢で、攻撃的――この世界に住むキミの目から見て、カレに王としての素質はあるのか？　まずは、カレについてキミの見解を問いたい」

リーゼが予想していたのは対話、あるいは質疑応答だった。

だが少しだけ違う。ゼノが持ちかけてきたそれは──『問答』だ。

「……向いていないと思います。王に向くのは、穏やかで思いやりのある人物──現在のグランハルト王の様な人物だと思っています。これは一般論ですが、私の意見も同じです」

それが一般論でもあることを述べたのは、文化が違う世界に生まれた二人の感覚をすり合わせるためだ。

つまるところ、共存共栄。効率的であるが故に、それが美徳とされるのはどちらの世界でも変わらない。

満足気に吐息を漏らすゼノ。日本とこのグランハルトに、それほど大きな思想の違いはないようだ。これならば問題なく話を一コマ進める事が出来る。

「なるほど。では、キミの目から見て、キミは王に相応しい人物か？　それを聞きたい」

その認識を前提とし、ゼノが次に聞いたのは、そのようなことだった。

瞬間、リーゼの顔がこわばる。ある意味で、これは彼女にとって急所とも言える部分であった。

「……先程の言葉を気にされているのですか？　私が、『混ざり物』──グランハルトの正統の血族ではないと」

返す言葉には棘《とげ》が交じり、空気が鋭く研ぎ澄まされる。

娼婦《しょうふ》の子――そんなわけがあるはずはない。そう思いながらも、事実王族の血が半分しか入っていないというそれは、彼女にとってはコンプレックスとなっていた。

いや、兄弟達にそうされたと言っていいだろう。リーゼは優しく聡明《そうめい》だった母親に恥じるところはないと思っている。だが純粋の血統ではないことを理由に兄弟姉妹から罵られて生きてきた彼女にとって、その事実は常に罵倒とセットであった。

無意識に敵意が交じる。これは、いわば彼女の防衛本能、反射に当たる行動だ。この事に触れるのは、今まで『敵しかいなかった』から。……故に、彼女はまだゼノに自分が婚外子である事を話さずにいた。隠そうとしたのではなく、無意識に避けていたのだ。

だからこそ、ゼノが発しようとしている言葉はルドルフによって暴《あば》かれたそれ関連なのだろうと思った。

「いいや全く。先程のカレの言葉から、キミがこの城内においてどういう存在かはある程度察する事が出来たのは確かだ。だがそんな事はオレには興味がない。王様が参加を認めた以上、それは気にする必要もないことなのだろうと思っている」

リーゼの予想は、大外れだった。『そこはどうでもいい』。事もなげに、そう応えるゼノ。

リーゼは面食《めんく》らった表情を浮かべる。

城の使用人達も傷口であるかのように触れてこなかった部分。それを、ゼノは興味がないとまで言い切った。それは、リーゼにとっては初めて出会う存在だった。

「親と子であることに血の繋《つな》がりはさほど重要なことではない。少なくともキミはあの王様の娘なのだろう。先程の謁見で、オレはそう感じ取った」

故に、思考には一瞬の空白が生まれる。

矢継ぎ早に繰り出される聞いたことのない言葉の数々に、脳がフリーズしているのだ。

「じゃ……じゃあ、一体どういう意味ですか⁉」

思わず語気が荒ぶったのは、一斉に駆け巡る色々な感情が行き場を求めて溢《あふ》れたせいだった。

「オレが知りたかったのは、キミの歩まんとする道についてだ。察するに——憤《いきどお》りという、キミがオレを喚《よ》んだその理由は母親を悪しざまに言われた復讐《ふくしゅう》だ。違うか？」

ぴたりと言い当てられて、リーゼは驚愕《きょうがく》に息を詰まらせ、そして召喚した勇者に対して失礼であると隠した核心に触れられて冷たい感覚に包まれた。

まるで背骨を氷の手で掴まれる様な——あるはずのない場所に、あるはずのないものが滑り込んできたような感覚。

最初にゼノを見た時、リーゼは彼を魔人であるかのように思った。

それは黒衣を纏《まと》い、悪魔じみたメイクに圧倒されたが故のことだったが——それ以上に今こそ、リーゼはゼノを得体の知れない存在であると感じていた。

争いを嫌い、喧嘩《けんか》一つしたことはない。ゼノの言葉は本当だ。だが狂気的な信念一つで、あるところの『頂点』を取ったほどの男が常人であるはずはないのだ。ましてそれが、大いなる存在に『勇者として資格あり』と認められて召喚されている存在ならばなおさらだ。

沈黙を肯定と見たゼノは続ける。

「その事について責めるつもりはない。オレが聞きたいのは——キミが見据えるその先にオレが求める『救い』があるかどうかだ」

圧倒され、言葉を失うリーゼにゼノは飽くまでも優しく語りかけるように、甘く囁《ささや》く。

害意はないと示されて初めて、リーゼは己の口が動くことを実感した。

「母を罵られた、その怒りは察するにあまりある。救われぬ魂が救われるというのならば、オレは復讐も否定はしない。だが——キミが見据えるその先に、オレが求める救済があるか、それを知っておきたい」

「……それは」

その問いかけに、すぐさま答える事は出来なかった。

何故《なぜ》軽はずみに『勇者の召喚』などという事をしてしまったのか？　リーゼは、自分自身でその疑問の答えを出すことが出来なかった。

……いや、全てはゼノの言う通りだ。

あのルドルフの様な男を王にしてはならない。そう思ったのは確かだが、そこに復讐の考えを滲《にじ》ませたのもまた事実だった。

暴君の誕生を事前に防ぐという義憤があったのは確かだが、ゼノに言われて初めて、リーゼは自分自身が王になったその後の事を考えていない事に気がついた。

王にしてはいけない誰かを王にしないため、戦う。なるほど、その考えは立派だが、自分自身もまた王になってはならない人間なのではないか――

狼狽《ろうばい》の表情を浮かべるリーゼ。睨《にら》みつけるようなゼノの視線。

流れる沈黙が昏《くら》い水の如《ごと》くまとわりつき、リーゼを押しつぶそうとする。

「……」

そんなリーゼを見て、ゼノは小さく鼻を鳴らした。

それは蔑むようではなく――

「どちらにせよ賽子《ダイス》は既に転がりだした。いずれ出るその『目』を、ひとまずの楽しみとしておこう」

冷めた紅茶を喉の奥へと滑らせて、ゼノは笑みを浮かべた。

その真意は定《さだ》かではないが、少なくともこの問いかけには答えを出さなければならない。

リーゼは、小さな手を膝の上で握りしめた。

……それから少しして、木製のドアが乾いた音を立てるまで、沈黙は続いた。

「リーゼ様」

ノックの後に発された控えめな女性の声は、ゼノの部屋を準備させていたメイドのものだ。


少しの時間を置いて、ドアが開く。

「お知らせいたします、勇者様のお部屋の準備が整いました」

「あっ……は、はい！」

メイドから告げられた知らせを半ば救いのようにさえ思いながら、リーゼは慌てて椅子を引いて立ち上がる。

部屋の準備が出来たということは、今日はこれで解散となるのだろう。ゆっくりと立ち上がるゼノはリーゼとは対照的で、事情を知らない者が見れば、今日知らない世界へと喚ばれたのはリーゼの方であるようにも見えただろう。

「お部屋の準備が出来たようですので、今日はもうお休みください。明日の朝にお迎えに上がります。……先程の問いかけは、宿題として考えさせて頂きます」

緊張から汗を浮かべつつも、リーゼは真正面からゼノの視線を受け止める。

一時しのぎの言葉ではない――その瞳を見て、ゼノは噛《か》みしめるように笑みを浮かべた。

「楽しみにしている。では、また明日」

「……ええ」

こうして、ゼノの新たなるステージ――異世界での一日目は、終わりを迎える。

同時に、救済の黒天使《ブラックダイヤ》の伝説が、その第一幕を開けるのだった――

第二章　堕天使のチカラ

窓から差し込む陽光の暖かな光で、ゼノは目を覚ました。

背を包み込む程にベッドは柔らかく、微睡《まどろ》みが甘えるようにすり寄ってくる。

甘美なる微睡みと、朝の日差しが眩《まぶ》しくて、ゼノは庇《ひさし》を作るようにして腕をかざす。

物憂《ものう》げな表情の美青年に降り注ぐ光のカーテン。それはまるで宗教画のように美しく、窓の外からその様子を見れば、正しく絵画のようにでも見えただろう。

惜しむらくは、その光景を見る者がいなかったことだ。それは地球に遺《のこ》した彼のファンが見れば、卒倒してしまうような一幕だったというのに。

ゼノもまた、良質な寝具と程よい気温に身を任せたくなったが、こうしているわけにもいかない——見慣れぬ天井は、新たなるセカイが現実である事を告げていた。

朝に迎えに来るというリーゼの言葉を思い出し、ゼノはゆっくりと上体を起こしてから身体《からだ》を回転させ、ベッドに腰掛ける形となる。

疲れもあったのだろう、戸惑うことなく眠りに落ちた身体は、深い眠りによって活力を湛《たた》えていた。

「……」

胡乱《うろん》なその表情に色はない。ただ、そうあるべきと当然であるように、彼は最後のライブからここに来る際そのまま持ち込まれた自らのツバサ——ギターに手を伸ばした。

いついかなる時も、彼は研鑽《けんさん》を怠らない。寝起きであるにも拘わらず、幾千幾万と刻み込まれた動きは、文字通り一糸の乱れもなく、氷上を滑るように滑らかに弦《げん》の上を躍る。

奏《かな》でられるは勇者の調べ。例えばロールプレイングゲームで、これから始まる旅を予感させる勇ましい旋律。

今、この瞬間に作られた曲だ。

ゼノにとって、それは言語であった。今の心を外へと発する、一つの手段に過ぎない——圧倒的な技術と想像力によって組み上げられた、独り言。

いつもと少し違ったのは——それを聞く者がいたことだ。

控えめに、ドアが叩《たた》かれる。曲の終わりを待っていたのだろうか？　ゼノはその扉の向こうの少女を思い浮かべた。

「どうぞ」

「失礼します……」

身を縮こまらせるように現れたのは、果たして想像の通りの少女であった。

リーゼだ。朝日に照らされた銀の髪は、それ自体がバレッタのように美しく輝いた。

「よい曲ですね。勇ましく、力強く、聞き入ってしまいました」

「ありがとう。なるほど、そう伝わるか」

飾り気のない真《ま》っ直《す》ぐな称賛に、ゼノは愉快そうに喉を鳴らす。

リーゼの感想は正しく、ゼノの意図した通りのものだった。つまり、文化は違えども自分の声は届きうる、その事実が嬉《うれ》しかったのだ。

「それで、今日は何をすればいい？」

「はい。今日は……争いごとが苦手だとお聞きしたのに申し訳ないのですが、こちらの世界で戦う術《すべ》を学んでいただければと思います。……あっ、その前に朝食ですね」

ゼノからの質問に、リーゼは少々順序をごちゃつかせながら今日の予定を述べていく。

朝食はありがたい。すっかり忘れていて、昨日は夕食を摂《と》っていない。今更になって空腹を感じたゼノは、やはり自分も浮ついているのかもしれないと自覚する。

それよりも――戦う術を学ぶというリーゼの言葉に、ゼノは自分の想像が間違っていない事を確認した。

『双翼の儀式』とは女神の加護を得るべく各地で魔物と戦うという試練を行う旅だと聞い

ている。戦闘こそが肝要となる儀式だということだ。

その上で、自分は戦う力を持たないと伝えているにも拘わらずリーゼはそれほど落胆した様子は見せなかった。

世界を再生するという儀式でありつつ、その本質はこの世界の王の座を賭けた『競争』だ。

おそらくは、試練とやらだけではなく、他の参加者達とも命さえ賭けた戦いが起きうるだろう。にもかかわらずリーゼがこの戦いから降りないという事は、そこに差を埋めるためのナニカがあるはずだとゼノは考えていた。

「承知した。ひとまず、予定の方はキミに任せよう。暫《しばら》くはただ、オレに命じてくればいい」

既にそれを予想していたからこそ、ゼノも予定通りにそう答えた。

逆にリーゼは、予想外の反応に調子を狂わされていた。リーゼもまたゼノの事は、変わっているが聡明《そうめい》な青年だと認識している。

適当に受け答えをしているというわけではなく、それにしてもまるで全てを見透かして先回りしている様な言動が、どうも化かされたように感じてしまうのだ。

「ありがとうございます。……では、食堂の方に行きましょう。食べられないものがあれば、遠慮なく仰《おっしゃ》ってください」

とはいえ、ひとまずは自分の考えに従ってくれるという。ならばそれ以上の事はない。

……元はといえば、リーゼは『双翼の儀式』への参加は考えていなかった。王族としての責務を果たすべく戦いに臨むための力だけは磨いていたものの、根回しや盤外戦術など、その他の準備は何も進んでいない。

飛び入りの様な形で参加を決めたリーゼは、この時点で既に出遅れていると言えた。

だが——リーゼが読んだ過去の記録には、異界より呼び出される『双翼の勇者』は例外なく特異な存在であったと記されていた。そのため我が強く、ことあるごとに反発する者も少なくはないという。まずは円滑に物事を進められるだけでもありがたかった。

あとは——戦う力を持たない者が勇者として召喚された際に目覚めるという力。ゼノに眠る力が、強大なものであれば言うことはないのだが。

「(まあそれは今考えても仕方がありませんね……)」

類を見ないほど奇抜な外見、そして自ら戦う力はないと発言しながらも尊大な態度——そして、さり気なく見せる思慮深さ。

リーゼは全くの未知数であるゼノへと、静かに探るような視線を向けた。

「それでは、これより力を扱うための訓練を始めていこうと思います」

昼下がり。小さな胸を反らして、リーゼは力強くゼノへと宣言をした。

太陽は高く上り、肌寒く毛布が心地よかった朝とは違った適度な暖かさは身体を動かすのにちょうどいい陽気だ。

朝食の腹ごなしには良さそうだ。

戦うかどうかはさておき、地球にはない異世界の『力』というのを体験するのは自らの見地を更に広げるだろうと、ゼノは久方ぶりに心を躍らせていた。

「落ち着かれているようですので既にお気づきかもしれませんが——戦う力を持たない勇者様がこの地、パルサージュへと召喚された場合、勇者様は新たなる力に目覚めると記録されています。その大小は様々であったものの、それは例外なく勇者と讃《たた》えられるに相応《ふさわ》しい力であったと記されています。また、元から戦う力を持っていた者はさらなる力を得たともありますが——これは、ひとまずいいでしょう」

結局、これもゼノにとっては予想通り。

異世界に召喚され新たな力に目覚める、地球でも物語として聞いた話だ。己の『セカイ』を広げるため、様々な文化に親しんだゼノにとってそれは想像に難《かた》くないことであった。

尤《もっと》も、自分自身がその様な体験をすることになるとは思わなかったが――

「ではその使い方ですが、これは難しいとも簡単であるとも言えます」

だがその力がどの様なものかはまだわからない。

鬼が出るか蛇が出るか。

「それは――強く、想像すること。より具体的に、より強く、それが出来ると当たり前であるかのように『想い描《おも》く』力が、そのまま勇者の力として発現すると言われています」

果たして出た目は――堕天使《フォールンエンジェル》。

イメージすること。それは、アーティスト・ゼノにとっては得意分野に他ならない。

「……へえ」

思わず、ゼノは笑みを浮かべた。不敵に、そして妖艶《ようえん》に。

リップに彩《いろど》られた鮮やかな唇を、蠱惑《こわく》的に歪《ゆが》めて。

音楽ならば――『ゼノ』ならば、何者でもない平凡な自分が世界を救いうる。

強く、強く想いを届けたいと願い続けた、描き続けた。常識など捨ててしまえと、自分達ならば――自分ならばそれが出来るはずであると。

理想を描き続け、演じ続けた黒き羽の救世主《メサイア》。このタイミングで告げられたこの世界の法則《ルール》は、ゼノに全てを『結ばせた』。

願い続けた救済《ユメ》を。演じ続けた理想《ゼノ》を、降りかかる試練を。そして、今この場に自分がいる意味——『聖なる英《エルヴァイン》』の解散から、光り輝く階段が現れ新たなるステージにいざなわれたことが。全てがあるべきことであると、点と点が線を結んだ。

「イメージする、か。それは得意分野だ。中々——面白くなってきたな」

ここに来て、ゼノは初めて強い感情を見せていた。

声を荒らげるわけでもない、歓喜に叫ぶわけでもない——しかし、愉悦とも呼ぶべき獰《どう》猛《もう》な笑み。

普段は凪《なぎ》の水面の如《ごと》く静かなゼノが初めて見せる強い感情の発露に、リーゼもまた言いようのない興奮を感じていた。

「勇者の力とは、いわば無地のキャンバス。無から有を創造する事が、貴方《あなた》の力なのです！」

思わず、吟じる声にも力が入る。

それも無理はないだろう。勇者とは、このパルサージュにおける神話の存在。それは多くの価値観の元となっており、神話の英雄像は多くの物語の下敷きともなっている。

自分が呼び出した勇者が今まさに力に目覚めようとしているこの瞬間は、本好きのリーゼにとっては、今まさに憧れの存在が本から飛び出そうとしているようなものだ。

何かを確かめるように、ゼノが差し出すように手のひらを空へと向ける。

固唾を呑《の》んでその様子を窺《うかが》っていると——ゼノの手のひらに、一枚の漆黒の羽が浮かび上がる。

「これが、オレが羽ばたくためのツバサか」

浮かぶ羽を感慨深げに眺めるゼノ。

——成功だ！　勇者の能力によって生み出された羽を見て、リーゼは思わず歓喜の声を上げそうになる。

……しかし次の瞬間には、急転直下。暖かな陽気、晴れやかな展望が嘘《うそ》のように、強烈な悪寒《おかん》がリーゼを支配した。

「こ……この力は……!?」

その悪寒の正体は、ゼノから発される底知れない力の波動。

かつてこの地を支配した悪神が今この瞬間蘇《よみがえ》ったかと錯覚するほどの、絶対者の生誕を告げる産声《うぶごえ》であった。

「……!?」

本来ならば、力に目覚めるまでは早くて一日、遅ければ期限をいっぱいまで使ってゼノに向いた力を探っていくつもりだった。

だが『双翼の勇者』の力を自覚したゼノは、既に周囲を舞う黒い羽としてその絶対的な力を顕現させていた。

神が地上を俯瞰《ふかん》するように、一つ上の次元に昇ったゼノは、訓練場に打ち込み用の鎧《よろい》を見つける。

パルサージュに存在する技術、魔法。あるいは武具を打ち込むための鎧は、その着用者こそいないものの強大な魔物と戦うために作られた王国の正式装備と寸分違《たが》わぬ作りのものであった。

「アレは、消費《つか》っても？」

「え、あ……は、はい。ご自由にどうぞ……？」

喩《たと》えるのならば巨大な隕石《ほし》がゆっくりと堕《お》ちてくる様を見るように、呆《ほう》けていたリーゼが我を取り戻す。

視線で鎧を指し示すゼノに肯定を返すと、元いた立ち位置から二歩ほど後ろへと下がるリーゼ。それは、完全に無意識の行動であった。

気がつけば、有事の際に備えて訓練していた――実戦経験がなく少々平和ボケした――

兵士達も何かを感じ取って、絶対者にその場を譲っていた。

ヒトを巻き込む心配がなくなってゼノは、手を伸ばすだけという風に、鎧に向かって手を翳《かざ》す。その力が、当然元より備わった自分の機能であるかのように。

数多《あまた》に舞う黒き輝きのうちたった一本が、尖《とが》った根本を鎧へと向ける。

その主《あるじ》が微動だにしないまま意識のみで命令を下した、その瞬間。

羽は一本の黒き光芒《こうぼう》と化して、鎧の上半身を打ち砕いた――！

「……え？」

何が起きたかわからず、誰ともなく――否《いな》、誰もがそう声を漏らした。

それはそうだ。一瞬の瞬《まばた》きの間に見逃した者もいると言うほど、ごく僅かな時間。その間に、前触れもなく鎧が砕けて散ったのだから。

不可思議な現象に困惑するのは当然だ。ただしそれは事態の全てを把握するただ一人――ゼノ。彼を除いて。

「あ……！」

この場では最も早く、一拍を置いてリーゼの声が驚愕《きょうがく》に変質する。

驚くべきはその圧倒的な威力。

パルサージュには、魔物と呼ばれる怪物が存在する。その種別は様々故に一概には言えないが、今ゼノが打ち砕いた鎧はそれらと戦うことを想定して作られたものだ。

具体的に言うならば――全身が高密度の筋肉で覆われた大型の四足歩行生物。その鋭い爪をもってしても容易《たやす》く破る事は難しいというほどの硬度を持っている。

だが、今の一撃は。ゼノの周りを舞う数多の羽の内の一本が、視認さえも難しいほどのスピードで、その鎧を乾いた土の様に砕いて見せた。

……しかしそれ以上に恐ろしきはそれを『出来うる』と説明したその瞬間に使いこなす圧倒的な理解のスピード。イメージの具体性、その精密さ。

ゼノの異常とまで言える権能《チカラ》のディテールである。

まるで、生まれた時からこの瞬間のために備えていたような――身を包む冷たい興奮に汗を流すリーゼ。

飽くまでも喩えとして思い浮かべたそれは、ある意味では間違っていなかった。

ゼノのこの力は、『堕天使ゼノ』が持つとされるものだ。

ゼノのツバサを構成する羽は、その一本一本が凄《すさ》まじい破壊の力を持つ。故にゼノは地上へと降りる時に自らそのツバサをもぎ取った――『エルヴァイン』のファンならば誰もが知る、ゼノの『設定《チカラ》』である。

――音楽で世界を救う。ある青年はある時そう思い立った。だが何も持たない平凡な青年が思いつきで成し遂げられる夢ではないのは明白だ。

だから青年は青年以外のナニカになろうとして、狂気的なまでにそのディテールを練り上げ、クオリティを上げていった。

それこそが『エルヴァイン』、『救済の黒天使《ブラックダイヤ》』、『末期の赦し《ユメ》』。

——『ゼノ』であった。

『狂信者達《ファナティック》の見る集団幻想《セカイ》』。ゼノが生み出したその世界観は、超絶のクオリティを下敷きにした暴力的なまでのテクスチャで見る間に観客達を引き込んでいき、カルト的な人気を獲得していった。

生まれも育ちも違う者達が一体となる瞬間。苦しみを忘れ、心を一つに熱狂する『救い』として。

それが、今。イメージの具現化という形でゼノという肉体の殻を破り、現実の世界に顕現した。

「……」

目を瞑《つぶ》り、空気を抱きとめるように手を広げるゼノ。

新たなるステージ。ゼノは自らの前に現れた光の階段をそう解釈した。

そして事実、彼は今確かに新しい世界へとその足を踏み出したのだ。虚構から、現実へと。

ゼノはこれを新たな『表現力』として捉えていた。戦う力ではなく、自分の持つ世界観を伝えるための方法として。

今、青年はかつてないほど『ゼノ』との一体化を深めていた。

未練が残らぬようにと全てを出し尽くしたはずのラストライブ以上に――

目を開き、代わりに何かをつかむように拳を握る。その手をコートのポケットへと突っ込んだゼノは、静かでクールな普段の彼へと戻っていた。

同時に周囲を舞う羽が消える。

放たれる事なく姿を消した羽を見て、ようやく時が動き出したかのように、リーゼははっと息を呑んだ。

「(異常な威力に、見えないほど速い攻撃、しかもそれを完璧に制御している……！　もしも周囲を舞う羽全てがあの力を持つのだとしたら……！)」

想像するのさえも恐ろしいほどの力。それが、自分の味方としてこの場にいる。

とんでもない存在を呼び出してしまった――疑念だったそれは確信に変わり、そして改めてゼノの問いを思い出すことになった。

『もしも自分が王様になったら？』、それは既に遠い『もしも』ではなく、当然考えておくべき義務となっている事を。

今ゼノの力を目の当《ま》たりにしてリーゼは、笑みを浮かべるのではなく寧《むし》ろ表情を引き締めた。

幼気《いたいけ》な少女の目に宿る、その理知的な輝きを見て、ゼノはごく微《かす》かに笑みを浮かべる。

それはまるで、気高き天使が英雄を見初めるかの様に。

少女に現れた新たな表情は、ひとまず堕天使を満足させるにたるものだったらしい。

リーゼはまるで対峙《たいじ》する様にゼノと向き合い、そして――

「はっ！　訓練場がいやに静かだと思ったらお前がいたとはな！」

すぐさま見てわかるほどの呆《あき》れを浮かべ、肩を落とした。

闖入《ちんにゅう》者の声は、高い少女のものだった。静かで清冽《せいれつ》なリーゼのそれとは違い、活力と自信に満《み》ち溢《あふ》れたよく通る声だ。

声の方向へと振り向いたのは、ゼノのみ。リーゼは呆れを隠すこともなく、ため息を吐き出す。

「……カノジョは？」

ゼノが追った視線の先にいたのは、やはりこれもリーゼの銀髪とは対照的な、きらびやかな金髪をツインテールに結んだ少女。

リーゼと同じかそれ以上に小柄な少女が、高笑いを上げていた。

「マルグレーテ。私の姉にあたります。ちょっとアレですが、まあ兄弟姉妹の中ではかわいい方の姉ですよ……」

リーゼの姉、マルグレーテ。彼女もまた、王女であり――『双翼の儀式』への参加者なのだろう。

それを指し示すように、隣には一人の少女が虚《うつ》ろな表情で、微動だにせず控えていた。

マルグレーテの金髪よりも淡い金髪、それをシュシュで纏《まと》めた少女は――紺色の学生用のブレザー、ゼノも見たことがあるようなデザインの制服に身を包んでいた。

「随分と変わったヤツを呼び出したようだな！　だが今回の儀式は大人しく降りておいた方が身のためだぞ！　わたしが呼び出したのは、今回の『双翼の儀式』において最も美しく優秀な『勇者』なのだからな！」

吟じるように高らかに謡《うた》うマルグレーテ。その態度は演劇のようで、ゼノは嗜好《しこう》の一致を感じる。

さて、しかしこの場においてよりゼノの興味を引くのはまさに異世界のお姫様といったマルグレーテではなく、見慣れた制服に身を包む少女であった。

呆けたような、あるいは感情が消えたような――地球ではなかなか見る機会がない、魂が抜け落ちたような虚ろな表情を浮かべているものの、なるほどマルグレーテの言の通り少女の顔立ちは可愛《かわい》らしく、よく整っていた。

ギャル風というのだろうか？　目を大きく見せるような、しかし派手すぎないメイクは表情が虚ろでなければ少女をさぞや活発に見せたのだろうと思う。

制服と併せて見れば年の頃は高校生で間違いないだろう。よく整った体形は、その陰に意識的かつ継続的な運動の存在が窺《うかが》える。

となると気になるのはやはり全く動かずに虚ろな表情でいることだが――何か無理やり自我を消し去る手段でもあるのだろうか？　一瞬だけそう思い浮かべたゼノは自らその考えを振り払った。

リーゼの紹介からすると、リーゼはマルグレーテを心底鬱陶しがりつつも嫌ったり憎んだりしている風ではなかった。そこから考えれば、マルグレーテからリーゼへの接し方も罵詈《ばり》雑言というよりかはちょっかいを出すといった具合なのだろう。

非人道的な行為を行うようであれば、それがリーゼの態度に出ているはずだ。まだ付き合いは短いものの、リーゼという少女を聡明《そうめい》で、王族らしく気高くあろうとしている少女と評価しているゼノはそう考えた。

「高らかに名乗るのだナナミ！　このマルグレーテの呼び出したる最高の勇者よっ！」

何よりも、マルグレーテという少女の『勇者』に対する態度は信頼する姉を自慢するようなものだった。

……だとすると、その虚ろな表情の意味は？　ゼノにもごく僅かな困惑が生まれ始めた──その時だった。

名前を呼ばれたことに起因してか、ナナミと呼ばれた少女が肩を震わせる。

ようやく動きを見せたマルグレーテの『勇者』に、ゼノとリーゼの視線が集まる。

すると──虚ろなままの少女の瞳から、滂沱《ぼうだ》の涙が溢れ始めた。

遅れて、表情にも色が灯《とも》り始める。

「ぜ、ぜ、ぜ……ゼノ様……⁉」

その色は──感激。それも、生き別れた両親と出会ったかのような、激情であった。

その口から飛び出したのは──他ならぬゼノの名前。

「ナ、ナナミ……⁉　一体どうした！　な、なぜ泣いている⁉」

両手までも振るって困惑を顕《あらわ》にするマルグレーテ。予想だにしない展開ながらも、少女がゼノの名前を呼んだことで情報過多から硬直するリーゼ。

ただ一人、ゼノのみがこの状況を理解していた。

なるほど、少女の服装を見れば地球出身である可能性は考えてしかるべきだ。まして、その顔つきはメイクに彩《いろど》られているとはいえ日本人のそれ。日本出身だというのなら、自分を知らない方がおかしいというものだ。

傲慢にも捉えられるような思考だが、事実である。現在の日本でエルヴァインの名前さえも知らないという者は、ほぼいないと言っていい。

「ウソ、本物——!?　それともこれは、やっぱりユメなの……!?」

そのファンも、珍しい存在ではない。熱狂的な、と頭に加えてなお、だ。

少女の虚ろな表情の正体、それは皮肉にも現在のリーゼとよく似た——情報過多によるフリーズであった。

そして今、止まった時が動き出し、少女は『ゼノに会う』という至上の幸運を理解してその瞳から涙を溢れさせたのであった。

まして、異世界に呼び出され、そこそこ楽しんで過ごしていたものの知り合いがいない世界はやっぱり寂しい——となっていたところの邂逅《かいこう》である。

一方で、見知らぬ世界で自分のファンと出会えたゼノもまた、喜びを感じていた。それは、自分を知るものがいたというよりも、その孤独に寄り添うことが出来たとして。

「ユメじゃないさ——『エルヴァイン』ヴォーカルのゼノだ。よろしく」

握手を求める形で、ゼノは手を差し伸べた。

ナナミと呼ばれた少女は、足元さえも見えぬ闇の中唯一の光を目指すようにして、不確かな足取りでその手を目指す。

「ふぁ……」

そしてようやく、差し出された手を両手で包み込んだ。

「ファンですぅぅ~……！」

よく整った顔をぐしゃぐしゃにして、ナナミはその口を波立たせるようにして、泣いた。

ゼノは、少女を勇気づけるように柔らかく、天使のように微笑《ほほえ》んで——

「え、ええ……」

「一体何が起こってるんだ……⁉」

完全に置いてきぼりの王族二人は、いがみ合っている事も忘れて心を一つにした。

だれか、だれかこの場に収拾を付けてくれと。

結局、ナナミが泣き止《なや》むまでには十分以上を要し、その間物事は何も進まなかった。

リーゼとマルグレーテは所在なげにお互いを見やり、点になった視線を交わす。

一体何を見せられているのだろう？　言わずともお互いの心を察した二人は、することもないので再び珍妙な光景へと瞳を向けるのであった。

第三章　セイタン

「では改めて……地球の日本から来た、逢坂七海《おうさかななみ》です！　女子高生《ジョシコーセー》やってました！」

混沌《こんとん》とした邂逅から暫《しばら》くして。

すっかりと正気を取り戻した七海の自己紹介をもって、広場の空気は仕切り直された。

ぴんと張ったピースを目の横へと添えて、活発な笑顔で大きく開けた口から長い八重歯を覗《のぞ》かせる——予想した通り、表情を取り戻した七海は正しく快活というに相応《ふさわ》しい、明るくエネルギッシュな少女であった。

そして自らが語った通り、やはり彼女はゼノと同じく地球の日本出身。

出身で言うとゼノは『神界《バライソ》』出身という事になるのだが——それは置いておいてだ。

「まさか同じ世界から勇者が呼び出されるなんて……」

「確かに、聞いたことのない事態ですね」

『双翼の儀式』に詳しいリーゼとマルグレーテからしてもその時の儀式で同じ世界から勇者が呼び出されるのは珍しいことらしい。

その時によってまちまちだが、勇者として呼び出されるのは無限と言えるほどに存在する世界の中から毎回十人程となる。

「とはいえ考えてみればありえない話ではないのかもしれません。普通に考えれば極めて低い可能性ではありますが」

だがこうして実例がある以上はありえないということではないのだろう。

「奇跡ってことですね！　まさか、こんなファンタジーな世界でゼノ様とお会い出来るとは思いませんでした……！」

たとえそれが『儀式』の進行に問題を生む可能性があっても、だ。

……いや、そもそも神樹の疲れを癒やし、世界に豊穣《ほうじょう》を与えるという『双翼の儀式』本来の目的を考えればそれが不都合になることはなかったのだろう。

リーゼはわずかに、目を細めた。

「オレも、同郷の者と会えて嬉《うれ》しい。特に、オレを知る者と会えたのは」

「身に余るお言葉です……！　どうしよう、マジヤバ……嬉しすぎるんですけど……！」

柔和に微笑み、人当たりの良さを見せるゼノに対して、七海は口元を隠して涙までも滲《にじ》ませている。

先程の出会いからは少し落ち着いたようだが、その態度は心酔していると言っても過言ではない。

「ええい、ソイツは敵なんだぞナナミ！　何を敬語なんて使ってる！」

「だってマルちゃん、生ゼノ様がここにいらっしゃるんだよ！　無礼な態度は取れないよ～」

……そう、同じ目的をより早く達成する『競争相手』に対するそれとしては、相応しくないほどに。

すっかりと王位を争う手段の一つとなった『双翼の儀式』だが、こんな事態は予想していなかったのだろう。

競争の手段となった今、『儀式』において同郷という関係性はそれ自体が半ばアンフェアだ。同郷の者と戦う事に忌避感を覚える者もいるだろうし、あるいは手を組むということだって考えられる。

あまりにも大きなモノを賭けているため、競争相手に決定的なリタイアを突きつけようとする者もいるがリーゼの基本的な考えとしては直接兄弟達と争うのは避けたかった。そういう視点では、この邂逅はよい方向に働いてくれるのではないかという予感があった。

「お前なあ！　偉大なるグランハルト王族の血を引くわたしにはため口なのに、なんでこいつには敬語なんだ!?」

「それはマルちゃんが良《い》いって言ったんじゃん？　それに私、生粋の『狂信者《ファナティック》』だからさ〜こんなお近くに近づけただけでもズルくてヤバいのに、タメ口なんか利《き》いたら他の狂信者《みんな》に殺されちゃうよ」

「オレは構わないが」

まあ、協力という点では難しそうだが。

他の兄弟達よりはマシとはいっても、マルグレーテとの仲が良いというわけではない。

リーゼはマルグレーテが王に相応しい器量を持っているとは思えなかったし、逆にリーゼが王になる手助けをマルグレーテがするなど、天地が逆さまにでもならなければあり得ないことだ。

最終的な目的において手を取り合えない以上、協力関係を結ぶというのは考えづらかった。

しかし、それよりも――

「元いた世界では、すごかったんですね、ゼノさん」

「それはもうマジですよ！　日本じゃ知らない人はいなかったし『狂信者《ファナ》』の数も何百万人っていたんですから！」

七海の口から語られるゼノの凄《すご》さだ。

大物然とした佇《たたず》まいだとは思っていたが、何百万人という目もくらむような数字に、リーゼは引きつった笑みを浮かべた。

というか、何故このナナミという『勇者』は自分にも敬語なのだろう？

「そっちの勇者はわかったが……こんなヤツに敬語を使わんでもいいんだぞ」

「でもこの子もお姫様なんでしょ？　だったらケーイ払わないとじゃん。……マルちゃんもタメ語がマジで嫌なら、敬語に戻すけど」

「ぐ……いや、それは確かにわたしが言い出したことだから、このままでいいんだが……」

見ているとどうも、見たままの素直で快活な『良い子』なのだろう。リーゼは、ひねくれたマルグレーテが召喚した勇者には似つかわしくないなと思い浮かべた。

……いや、あるいは――勇者を召喚する際には、自分が憧れる姿に近い勇者が喚《よ》ばれるという話もある。

だとするのならば、面白い話になってくるのだが。ひねくれ者が素直で誰にも好かれる勇者を呼び出すという事は――即《すなわ》ち、そのような存在に憧れているということだ。

まあ、それを言えばマルグレーテが激昂《げきこう》するのは火を見るよりも明らかだ。ここは穏便に収めておくべきだろう。

「私にも気を遣わないでいただいて結構ですよ、ナナミさん。勇者様はそれほどの存在でもありますし、マルグレーテも面白くはないでしょうから」

「そう？　じゃあお言葉に甘えさせてもらおっかなー」

けろっと言い放つあたり、柔軟な思想も持っている。

なるほど、ひねくれ者のマルグレーテが懐《なつ》くのも納得出来る。リーゼはくすりと鼻を鳴らした。

快活であけすけだが、頭は回るようだ。マルグレーテは彼女の実力に自信を持っているようだし、こう見えてこのナナミという勇者は警戒が必要な相手かもしれない――

静かに、観察を深めるリーゼから表情の色が薄れていく。

「んー、でも、リーゼちゃんもあんまり気を遣わないでいいよ。私としては色々気楽に行きたいな～、なんて……ね？」

そんなリーゼの表情が意味するところに気づいたのだろう、七海は困ったように笑って、否定するように手を振った。

……やはり、注意が必要なようだ。表情は最低限隠していた、なのに見透かされる警戒心。あっけらかんとしているようで優れた観察眼、リーゼはより七海への警戒を深める。

しかしそんなリーゼを制するように、ゼノが目の前に立ち、手を広げた。

「──ゆっくりと、見定めればいい」

その言葉はやはりリーゼの心を見透かしているようで、リーゼは心臓が一際《ひときわ》大きく跳ねるのを感じた。

自分の胸中が暴《あば》かれるのは何度経験しても──いや、経験するほどに驚きが増していく。一度や二度ならば偶然で片付けられる。だがこれほどまでに人の心を見透かす事は可能なのか。

戦慄するリーゼだが、実際のところは少し違う。

確かにゼノのそれは半ば超感覚に足を踏み入れてはいるものの、七海のそれは高いレベルではあるものの『空気を読むのが上手《うま》い』という程度のものだ。

これほどまでに胸中を読まれているのは、リーゼが表情を隠すことが苦手だからである。

相手の表情を読み、腹を探るというのも王としては必要な素質の一つだろう。逆もまた然《しか》り、表情に考えが出やすいリーゼもまた、現時点では王となるには未熟であると言えた。

ゼノはそこに彼女の生い立ちなどの理由を見るが──それよりもそれがどう変化していくか。今後の成長に期待を込めて、穏やかに微笑みかけた。

メイクによって、攻撃的な印象を受けるゼノの人相は美しくも、鋭いものとなっている。

それでも、何故《なぜ》だか安心感を与えるその微笑みによって、リーゼはその言葉を受け入れることにする。

「……わかりました。非礼をお詫《わ》びします、ナナミさん」

「固くならなくっていいのにー。でも、わかってくれて嬉しいな」

七海もその言葉に小さく息を漏らして、笑みから苦い色を消した。

今敵意を向けていたばかりの相手に微笑《ほほえ》みかけられてリーゼは少しだけ惑ったが、しかしその明るい人柄に心を解《ほぐ》されて、ようやく微笑を浮かべた。

「むう……」

俄《にわか》に流れ始めた和やかな空気に、面白くないのはマルグレーテだ。

というよりも、見下しているリーゼと、『自分の勇者』が友好的にしているのが気に食わなかったのだが――

「まあまあ、双翼の儀式っていうのが始まる前くらいは仲良くしていようよ。いざ競争ってなったらちゃんとやるからさ～」

「それならば良いのだが……」

懐いている七海に器の小さい所を見せたくなかったのだろう、マルグレーテは渋々といった様子で七海の言葉を受け入れる。

その様は姉妹のようで、ゼノは微笑ましさを覚えると同時に複雑な心境にもなった。

おそらくだが、リーゼとはまた違いつつもマルグレーテもまた、ゼノが思う様な『普通の姉妹』という存在がいなかったのだろう。

物心が付いた頃から、彼女達にとって他の兄弟姉妹は王位を賭けて競争する相手だったのだ、それも無理からぬ事である。だがそれを当たり前——というのは、あまりにも悲しい。

独り、ゼノは物憂《ものう》げな表情を浮かべた。

仲睦《むつ》まじい二人の姿を見て浮かべるその表情に、リーゼが感じ取れることは少ない。

だがそれでも、ぼんやりとした温かさが伝わってくる。

……どうも、ゼノという青年はこれで随分と優しい人間のようだ。薄々とだが、リーゼは危なげなメイクの裏側に隠された、青年の純粋なまでの優しさを感じ始めていた。

勇者の召喚では、自分の実力と、願った条件に最も相応《ふさわ》しい者が召喚されるという。

儀式について記された書には、しかし必ずしもそうであるわけではないと記されていたが——今回は、願いが叶《かな》ったのかもしれない。

リーゼは、ゼノを高潔な人物であると感じ始めているのを自覚した。

それ自体は非常に好ましいことだが、懸念《けねん》も一つ。

「(でも……だとするとゼノは戦えるのでしょうか?)」

――争いを嫌うと公言し、そして振る舞いに優しさをにじませる青年。

彼の力が十分なのは先程見た通りだが、それほどまでに優しい青年が、いざという時に戦うことが出来るのだろうか。あるいは――戦う事は出来ても、その優しさに付け込まれることもあるかもしれない。

マルグレーテなんかは、これでまだ可愛《かわい》い方だ。

王族らしく尊大ではあるものの、故に誇り高い。双翼の儀式で対峙《たいじ》することとなっても、正面からきっちりと勝敗を付ける戦いを好むだろう。

問題は、他の王族達だ。『世界の再生』以上に『王の座』を狙う者は少なくない。そういった者達は、いざとなればどんな手段でも使ってくるだろう。

「やあ皆さんお揃《そろ》いで。捜したよナナミ」

そう、例えば――今訓練場に現れたこの男だ。

発せられた声に、一同が振り返る。そこにはリーゼが想像している通りの顔が、嫌味っぽい笑みを浮かべて髪をかきあげていた。

「うえ……こ、こんにちはです、アンドリューさん」

「うむ、こんにちは。今日も非常に可愛らしいね。まるでゴールドベルの蕾《つぼみ》のようだ」

淡く光る花の名前――見た目通りにキザっぽい口説き文句を吐きながら、無遠慮に距離を詰める。

明らかに距離を取るように下がる七海《ななみ》のその姿からは、アンドリューに対する嫌悪《けんお》が見て取れた。

「アンドリュー、彼も儀式に参加する王子の一人です。彼はあまり私に興味を持っていませんが、個人的に好かない相手ですね」

その姿を見て、こっそりと、ゼノにだけ聞こえる程度の声でリーゼが伝える。

……なるほど、見た目通りというわけか。

細めで、端整というのが適しているような整った顔立ちを持ちながら、キザな動作に口説き文句。

見たままの女たらしという風体の『王子』を見やり、ゼノはああ、と小さく呟《つぶや》いた。

同時に、その側《そば》に控える筋肉質の男性の――獣の耳が、ぴくりと動くのを視界に捉えながら。

「あの話は考えておいてくれたかい？　僕が王となったあかつきには、ぜひ君に隣にいて欲しいと……」

「あ、はは……いえその、王子様がお相手っていうんじゃ、私じゃちょっと釣り合わないんじゃないかなと思うんですケド……」

しかし、このアンドリューという王子もまた、一癖ある人物のようだとゼノは思った。

七海が避けているのは誰の目にも明らかだろう――にもかかわらず、アンドリューは更に距離を近づき、七海の細い腰へと手を添わせようとする。

それに対し、また一歩後ずさる七海という構図……彼は、どうも『勇者』に興味がないようだ。リーゼとゼノを等しく見下していたルドルフとは違い、彼はゼノや――『七海』までも、意識さえしていない。

彼にとってゼノやリーゼは風景の一部に過ぎず、ナナミは『魅力的な女性』ではあるものの『勇者』ではない。徹底的に主観に基づいた光景が、彼の前には広がっているのだろう。同時に、全ての『光景』は自らの思うようにあって当然だとも。

ゼノが見立てた彼の『勇者』に対する接し方は、そんな具合だろうか。

そしてそれは、事実であった。

「……お兄様、ナナミはわたしの『勇者』です。不必要に近づいて、あまり困らせないでもらいたい」

「おおマルグレーテ。いいじゃあないか、今のうちから僕と仲良くしておく方が何かと都合がいいのは、君も一緒だと思うがね」

率直に言って、自己中心的。重度のナルシストというのが、アンドリューに抱いた印象であった。

自己を愛する事が出来る、それが出来ずに悩む者もいると知るゼノにとって、それは良《い》いことだ。が、それが過ぎて周囲への毒となるのは好ましくない。

今がそうだ。七海やマルグレーテの意見は聞いているようで聞いておらず、文字列としては提案の形を取りつつも、その口はただ自分の要望を一方的に語っているに過ぎない。

現状では、王に相応しい人物――ゼノの思う『救い』を民へと齎《もたら》す人物とは言えないだろう。

ゼノもまた、この時点でアンドリューへの興味を失った。

だが――距離を取ろうとする七海へと無遠慮に近づき、その腰に手を沿わせようとするアンドリューを見て、ゼノは前へと歩み出た。

「……？　貴様は一体なんだ、何の真似《まね》だ？」

「ゼノ様……っ！　私をお守りになってくださっているのですか……っ？」

七海を引き離すように背へと隠し、片腕を広げる。

アンドリューはその仕草に見てわかるほど表情を歪《ゆが》め、一方で七海は恍惚《こうこつ》の表情で我が身を抱いた。

アンドリューというカレに興味はない――が、『エルヴァイン《聖なる茨》』を好いてくれているフアンが困っているのは、見過ごせない。

ゼノが歩み出てきて初めてその黒衣の勇者の姿を確認したアンドリュー。彼はまずゼノの異様な風体を見て、黒いアイシャドウによって彩《いろど》られた瞳の攻撃的な鋭さに一瞬だけ気《け》圧《お》され、硬直した。

しかし直後、彼がゼノに抱いたのは怒りの感情であった。

他ならぬ自分が口説いているのに手応えを見せなかった七海が、ゼノという男が現れたその瞬間、全てを忘れて恍惚の表情を浮かべている事実。

少なくとも、七海にとってゼノという男の存在はそれほどまでに大きいのだ。

何よりも思い通りにならぬその憤《いきどお》りが、アンドリューを激昂《げきこう》させた。

「見るに――リーゼの呼び出した勇者か。引っ込んでいてくれないか？　君は関係なかろう」

「争いは嫌いでね――そうしたいのは山々だが、カノジョはオレにとっても大切な存在なんだ。嫌がっているのを見過ごすわけにはいかない」

威圧するアンドリューだが、ゼノは一歩も退《ひ》かず。

それが守るためのものならば、戦いも辞さない。意志が黒い魔力となり、その身から立ち上る。

――『双翼の儀式』は、飽くまでも『王族』と『勇者』が二人一組で行うものだ。呼び出した『勇者』だけが戦うというわけではない。リーゼも含め、アンドリュー達王族は皆が各々《おのおの》得意とする技術・タイプは違うものの一流の戦闘技術を持っている。

その戦闘技術によって、アンドリューは『力』に目覚めたゼノの戦闘力を感じ取った。

……底が見えないほど、深い。ただそれだけがわかる。

『混ざり物』のリーゼが呼び出したとはいっても流石《さすが》に勇者、その戦闘能力はパルサージュ基準の一流など虚《むな》しくなるほどに高い。

だがそれはアンドリューとて同じ。『双翼の儀式』ではその参加者がそれぞれ強力な鬼札を持っているのだ。

「……ふん、男児がそこまでの口を利《き》くというのならば、それなりの覚悟は持っているのだろうね？」

「その認識で構わない」

争いごとを嫌うゼノだが、かつてリーゼに述べたように、何かを守るために立ち向かわなければならない時がある事は承知している。

事もなげにゼノがそう答えると、アンドリューは嗜虐《しぎゃく》的な笑みを浮かべた。

「いいだろう――モントゥス！」

高らかに、アンドリューはその名前を呼んだ。

自然と、視線が集まるのは——その側に控えていた、大柄な男性へ。

「心得ております」

身に纏《まと》う甲冑《かっちゅう》が、重厚な音を響かせる。

モントゥス、と呼ばれてその身を前へとやったのは、犬の——いや、狼《おおかみ》の耳を持つ、男性の『獣人』であった。

乱雑に切られ、あちこちへと撥《は》ねた短い頭髪は、戦場での動きやすさを重視したモノ。身に纏う甲冑、左右に佩《は》いた剣はどちらも戦場で使うための道具——彼の名はモントゥス。『世界再生の儀式』、いいや『王位争奪の競争』に呼ばれた、生粋の戦士である。

「譲れぬ意見がある以上ぶつかり合うのは必至。だが万が一にも失敗が許されない『双翼の儀式』の準備期間は、王族の争いは固く禁じられていてね。僕の代わりに彼が相手をしよう。とはいえそれも本来好ましからざることだ、ここは手合わせという形でどうかな」

その実力の程はわからないが——少なくともアンドリューにとっては勝算十分というところなのだろう。

それはそうだ。勇者として呼び出された戦闘者は更にその力を増すという。強大な力を持っているという意味では争いとは無縁だったゼノも同じだが、戦闘経験の差は歴然だ。

「構わない。それでいいか、リーゼ」

だが、ゼノはその申し出を受けた。

戦闘経験の差については、もちろん考慮しつつもだ。

許可を求められたリーゼは逡巡《しゅんじゅん》する。

この戦いにデメリットは多い。お互いの手の内を晒《さら》すのは痛み分けにしても、手合わせという形ながら実力が全く未知数の勇者同士が戦うのであっては何があってもおかしくはない。儀式の始まりまで後僅かというこのタイミングで負傷でもすればコトだ。

しかし、ゼノが実際に戦えるか、抱いた疑問に決着を付けるにはまたとない機会だ。

それに最低限手合わせという形が保たれるのならば、戦闘経験を積めるというのは悪くない――

ゼノは構わないと言っている。ならば――リーゼは答える。

「はい、大丈夫です。ですが、お怪我《けが》だけはなさらぬようにお願いします」

「フッ……保証はし難《がた》いが、わかった」

何よりも――ゼノとリーゼの考えは、感情の色を違えつつも、一致していた。

ここでどうにかなってしまうくらいならば、儀式をやり遂げることなどとても出来はしないと。

「ゼノ様……！　ゴメンなさい、私がハッキリしないせいで……」

「気にしないでくれ。オレが堪えられなかったというだけのコトなのだから」

争いを嫌うと公言するゼノが、堪えられないなどあるわけがない——何年も彼を追いかけ、そしてエルヴァインの音楽に救われてきた七海は、それが自分を気遣っての詭弁《きべん》であるという事はわかっていた。

七海はあまりの尊さに耐えきれず、静かにその口から魂を吐き出した。

……そんな事はさておき、王族と勇者のペアで戦う実戦とは違うものの、勇者同士がぶつかり合うというのは一大事である。

七海に対する無礼は腹立たしかったが、マルグレーテはこの機会に感謝し、静かに対峙《たいじ》する二人の勇者を見守った。

リーゼは、祈るような気持ちでその光景を見つめた。自らに芽生えた、純粋に彼を慮《おもんぱか》る気持ちには気づかないで。

果たして——勇者と勇者が対峙する。

コートのポケットに手を入れ、軽やかな足運びで鎧《よろい》の戦士と共に比武《ひぶ》の舞台へと足を踏み入れたゼノは、改めてモントゥスと向き合った。

重厚な金属の鎧。鎧は全身を覆っているが、露出した首の太さを見れば、そのシルエットの大きさで大まかな体形は窺《うかが》い知ることが出来る。

戦いを重ね自然と膨らんだ筋肉、鎧の重量を感じさせぬ佇《たたず》まい。彼を前に争いは嫌いだなどと謳《うた》っても、臆したと見られるだけだろうというほどに肉体の格は違う。

「……ふむ、中々の大物のようだな」

一方で、モントゥスもまた油断なく得体《えたい》の知れない男を観察していた。

「立ち振る舞いはまるで素人《しろうと》。だが臆することもなく、我が前に立っている。腕に覚えがあるかと言えばそうというわけでもなく、しかして愚者というわけでもないと見た」

先程までは無表情で、ただアンドリューの傍《はた》にあった男の顔は、愉快そうに口角を上げていた。

ゼノとは反対に、戦う事が好きなのだろうと察せられる快活な笑顔であった。ただしそれは、齎される結果よりも、戦い自体に価値を見出《みいだ》す武人として。

どうやら、彼はアンドリューとはだいぶタイプが違う人間のようだ。

「さて。演者か、あるいは道化かも」

「我が国の道化はその様な化粧をしていたがな。お前はそのどちらとも違いそうだ」

モントゥスの言葉に、ゼノは蠱惑《こわく》的に鼻を鳴らす。艶やかなリップが光を湛《たた》えて、怪しく煌《きら》めいた。

答えは両方――自嘲的に想《おも》い、そしてそれを最期とす。この戦いが、堕天使ゼノの産声《うぶごえ》となるのだから。

「つまらぬ主《あるじ》に仕えたと思ったが、美味《うま》い飯に美味い酒、好敵手まで用意してくれるとは、何事もやってみるものよ」

左右の剣を抜き、双剣を構える。この武人気質な男に、ゼノは興味を惹《ひ》かれるのを感じた。

だが、彼の人となりに考えを巡らすのはこの後だ。

今は、勝利を。ゼノの胡乱《うろん》なる瞳の闇が、いっそう深くなると、その周囲にあの黒い羽が舞い上がった。

戦いが静かに、しかし唐突に幕を開けた。

ゼノの周囲を舞う羽の、破局的なエネルギー、それに気づいたのは既に知るリーゼの他、モントゥスだけであった。

モントゥスの力強い眼光が、ゼノを、黒き羽を見据える。ゼノのポケットからその手が現れ――そして、指揮を振るう。

舞う羽のうち三本ほどが、わずかずつタイミングと角度をズラしてモントゥスへと向かった。打ち下ろされる角度からモントゥスへと向かった羽は、しかしその姿を捉えることなく、地面へとその姿を消してゆく。

ゼノの腕が振るわれると同時に左へと飛《と》び退《の》いていたモントゥスは、思わず声を漏らした。

「む……」

戦いを見るだけのものはまだ気づいていないだろう。音さえ立てず地面へと消えていった羽は、クリームにフォークを沈ませるかのごとく、固められた土を貫いて遥《はる》か地中へと進んでいったとは。

先に見せたそれとは違い、ゼノはより力を収束させて黒き羽を放っていた。故に地面は爆《は》ぜることなく、穿《うが》たれる。

予《あらかじ》め黒き羽の威力を知るリーゼは、はじめは不発か、あるいは威力を絞ったのかと思った。が、とんでもない。地面には、深淵《しんえん》まで続く不吉な線が穿ち印《しる》されていた。まともに当たれば、如何《いか》に鎧に身を包む勇者といえどもひとたまりもあるまい。体の構造が人間と似ている以上、穴を開けられれば位置によってはそのまま致命傷となるはずだ。カタチが違うだけで、その羽が内包する力の量は変わらない。

「なるほど……これは中々ッ」

矢継ぎ早に、複数本の羽が放たれる。

しかしモントゥスは鎧を着込んだ大柄とは思えぬほど俊敏に、その羽を躱《かわ》していった。

黒き羽は光の如《ごと》き速度で飛来する――それを避けることが可能なのには理由がある。羽が放たれる前に既にモントゥスが回避行動を始めているからだ。

破滅的な威力の高速・連続攻撃に、それを容易《たやす》く躱す重戦士――『勇者』という存在の凄《すさ》まじさにリーゼは息を呑《の》んだ。

一方で、アンドリューとマルグレーテは、まだその光景に疑問符を浮かべていた。

羽の一枚《ひとひら》くらい、必死で避けずとも良かろうと。

「何をしているモントゥス！　さっさと叩《たた》き潰してしまえ！」

故に戦っているモントゥス以上にアンドリューは焦《じ》れていた。

呼び出した者の実力に相応《ふさわ》しい勇者が呼ばれるというのがこの世界の言い伝えだ。

自分が呼び出した勇者が、あの程度の者に苦戦していては格好が付かないだろうと。

……本気を出せば優男の一人くらい容易いと思っているからこその言葉ではあるが、それはやはり相手を見ていないと言わざるを得ない。

「フッ……これだから困る」

「心中察する」

モントゥスの愚痴に、ゼノは心底共感した。

彼自身は決してそれを嫌ってはいないが――素人意見というものに悩まされた経験は少なくないから。

示し合わせたように、二人は距離を取り合った。そして――ゼノが眼《め》を見開く。統率された兵士のように、数本の羽が並び、モントゥスへとその根本を向けた。向かうモントゥスは剣をすり合わせるようにして魔力を纏わせ、その後、腕を交差するように構える。

ゼノが手を振り下ろすのと、モントゥスが交差した腕を振り払うのは、同時のことだった。

――瞬間、モントゥスの構えた剣から、X文字《もんじ》の赤く巨大な魔力の刃《やいば》が放たれる。まるで鮮血の三日月を重ねたような――アンドリューとマルグレーテは、そのあまりにも強大な力にモントゥスの勝利を確信した。同時に――この力はゼノを消し飛ばしてあまりあるほどのものだ。城の方にまでも被害が行ってしまうかもしれないと。

マルグレーテは七海《ななみ》のために戦うゼノに対して申し訳なさのようなモノを感じ、歯を噛《か》みしめる。

だが――これに決着を予感していたのは、そのたった二人だけであった。

リーゼは知っている。放たれた羽には先程まで以上の力が込められていると。

そして七海は――『堕天使ゼノ』の伝説を知っているが故に。

常人には視認さえも難しい速度で向かい合う二つの力。勇者と呼ばれるものだけが、その瞬間をはっきりと捉えていた。

邂逅《かいこう》――そして、音が広がるよりも先に、衝突した力が爆ぜた。

ただしそれは爆発としてはともかく、爆ぜると言うにはあまりにも強大に。

拮抗《きっこう》した力が火花を散らし、一気に膨れ上がる。球状に膨れ上がった力は訓練場の床を削り取るようにして抉《えぐ》り、五メートルほどまで膨れ上がった。

……そこまでが、絶対的な破壊の空間。その余波は訓練場中に拡散し、激甚《げきじん》な風と衝撃を吹き荒らす。

「う、おあああぁッ⁉」

唐突に巻き起こる暴力的な破壊。

その後で、今いるこの世界を乱暴に叩きつけたような轟音《ごうおん》が遅れてアンドリューを貫き、叫び声を上げさせた。

たった数本の羽が、一息で振るっただけの剣が、たっぷりと練り上げた大魔法の様な威力を持つ――

「めちゃくちゃだ……！　これが勇者の力だっていうのか！」

魔術師として研鑽《けんさん》を積んだマルグレーテが、いっそ忌々《いまいま》しげにさえ聞こえるような呆《あき》れから声を上げた。

少し遅れて気づいたのは、先程までの攻防の意味。そして、今もなおゼノの周りを舞う無数の黒き羽――

その全てを雨のように降らせば、この世界のあらゆる城・砦《とりで》が半日も要さずに落ちるだろう。戦闘員を総動員して、万全の防御魔法と攻撃隊を揃《そろ》えた上でだ。

そして驚愕《きょうがく》すべきはモントゥスもそれをたったの一動作で相殺《そうさい》して見せた超絶の剣技の威力。

加えて、それだけの力を放って、迅速にゼノへの接近を始めている戦闘への理解度。

決着を確信して当然の威力、しかしモントゥスはそれを考えもせず、次の手を放っている。

マルグレーテがそれを目撃したのは、七海に抱き寄せられて揺れた視界に偶然輝く鎧を確認したからだ。

重厚感のある鎧の大男が、弾幕を突っ切って進撃する。歩兵では相手にもならぬその姿はさながら重戦車か。捉えた戦士の姿にゼノが思い浮かべたのは、現代の陸上では最大の戦力となるであろう兵器であった。

いや、それでもまるで足りないだろう。

その圧倒的な力の進軍に、しかしゼノは動揺することなく、迫る脅威へと手をかざす
──

「一手遅い！」

だが、モントゥスが戦闘の流れを理解していないはずはなかった。

ゼノへと剣を突きつけるようにして突き出し、そして宣言通り。一瞬だけ遅れて、黒き羽がモントゥスを指し示す。

「モントゥスの方が早い！　我が勇者の勝利だッ！」

目ざとく、その瞬間を捉えていたアンドリューが咄嗟《とっさ》に叫ぶ。

「勝負ありだな、黒き勇者よ」

剣を突きつけたままに、モントゥスは言う。

ゼノは、その切っ先を見ることもなく、ただモントゥスの瞳を見据えている──

「だが──ちッ！　止《とど》めを刺してしまえばよかったものを、頭の硬い奴《やつ》だ」

そう毒づくアンドリュー。手合わせと言いながらの物言いに、リーゼ達は腹を立てたが
──確かにその通りでもある。

「何故《なぜ》止めを刺さなかった？」

ゼノも、抱いた疑問は同じである。その気になれば、モントゥスは刃をゼノへと突き立てて『競争』が始まる前に敵のコマを減らすことが出来ただろう。

そして、一応は主と認めているアンドリューもそれを願うところだったはずだ。

少なくともアンドリューは熱中ゆえの事故を期待していたろうし、ということは競争としての『双翼の儀式』のルール的には問題もないのだろうと思う。

「これが殺し合いならばそうしていたがな」

それでも、モントゥスはそうしなかった。

飽くまでも武人であるが故に。なるほど、その誇り高さは勇者と呼ぶに相応しい。

何故彼ほどの男がアンドリューに従っているのか、ゼノは少しだけ気になったが――多分一宿一飯の恩と言ったところだろうか。

いい勝負ではあったが、わずかに及ばなかった――それを見守っていたリーゼは、想像以上のゼノの実力への興奮と、少しだけの残念さを混ぜて安堵《あんど》の息を吐《つ》いた。

リーゼを含め、その結果に王族達が思うところは様々だった。

一手何かが違えていれば、結果は逆転していただろう。それだけ、拮抗していた戦いだった。

ある者はそれでも確かな手応えを感じ、ある者は決して自分の勇者は劣っていないと思いつつも気を引き締め直す。

……だが、その場においてただ二人だけがその『一手』があることを知っていた。

ゼノがクスリと鼻を鳴らす。

「飽くまでも座興。それならば――」

背を向けながら、翳《かざ》した腕を横へと振るう。

すると、文字通り掻《か》き消《け》すようにモントゥスへと向けられていた黒き羽が姿を消していった。

同時に――モントゥスの武器までもが、砂となって崩れ落ちる。

「なっ……⁉」

思わず、驚愕の表情を浮かべるのは、ゼノ――それと七海を除いた、全員だった。

いつ、どこで――⁉

疑問を思い浮かべた瞬間に、興奮に染まった素っ頓狂な声が場を支配する。

「あああーっ！　『エルヴァイン《聖なる茨》』の経典の通り！　神々《こうごう》しすぎる……！　マジ神です……！」

それは歓喜に染まった七海の声だった。

だが、その本質は『納得』や『感動』だ。『驚愕』ではない。

「ど、どういうことだナナミ……？」

どうやら事情を知っているらしい……そう判断したマルグレーテが、思わず聞き返す。

これが、実に判断ミスと言うに他ならないのだが。

「聞いてくれる⁉　ゼノ様は元は『神界《パライソ》』にお住まいになってる天使だったの！　天使は人間と関わっちゃいけないって定められてるんだけど、ゼノ様は人々の苦しみを救うべくそれでも人間と接触しちゃうんだ！　禁を破ったゼノ様は、神様から罰として贖罪《しょくざい》を終えるまで死してはならないという罰を与えられるの。神より与えられし戒めは茨となってゼノ様を苛《さいな》み、そして守り続ける――それが『エルヴァイン《聖なる茨》』の名の由来……ッ」

好きな何かを語る者の口は、激烈に早い。そして時にひどく不明瞭だ。ましてそれが、『狂信者《ファナティック》』という通称を持つエルヴァインの重度のファンの言葉ならば尚更《なおさら》に。

息も吐かせぬわけの分からない話の連続攻勢に、マルグレーテは眼を回す。

……それを見かね、ゼノは静かに口を開いた。

「オレに科せられた贖罪は、人々の救済を最後まで遂行すること――贖罪を終えるまで、オレは死を許されない」

手を広げると、そこへ神々しく輝く銀の茨が現れる。ファンサであった。

「武器とは即《すなわ》ち死と争いの象徴。オレに近づく『死』は、朽ちて果てる」

こちらも持って回った言い方なので要約すれば……ゼノには『武器で触れる事は出来ない』ということだ。

その茨が常に彼を守るものであるならば、武器を突きつけるという『決着』は、決着たり得ない。

仮にあのまま戦いを続けていた場合、既に砂の虚像と化したモントゥスの武器はゼノに触れた瞬間崩れて落ち、モントゥスへと向けていた黒き羽は彼を貫いたことだろう。

これが『座興』でなければ。儀式が始まる前に脱落していたのは、モントゥス達の方であった。

「なんてデタラメな……！　それじゃまるで、いんちき神話じゃないか……！」

変に回りくどく、耽美《たんび》な力。マルグレーテはそれを、『神樹の女神』の伝説とは別に存在する幾つかの『いんちき宗教』のそれに喩《たと》えた。

まあ実際にその通りと言えばその通りだ。違うのは、ゼノはそれを『創作』として作り本気で演じているだけということ。人を騙《だま》そうとしているわけではなく、参加型のアトラクションのようなものとして用意された『場』こそがエルヴァインというヴィジュアル系バンドの本質だ。

——しかし、その設定が現実と化した今、ゼノは『堕天使』という神に極めて近い存在

の写しとなっていた。

想像力、心の強さ、そして常識にとらわれぬ心。パルサージュに来て目覚める勇者の力というのは、それらの要素で決まるらしい。

いわばそれは、白紙のキャンバスに絵を描く力。使用者のイメージ次第であらゆる現象がカタチを成すが——強大な魔力を持つ他者に干渉する際は、既にある絵の具に色を乗せるかのごとく、イメージを正常に反映させるのは非常に難しくなるという。特にそれが『勇者』ほどの力を持つものならば、弱体化などの『呪い』の様な術を掛けるのは限りなく不可能に近い。

そのはずだった。

にもかかわらず、ゼノは触れもせず武器を砂の様に崩すという御業《みわざ》をやってみせた。

それは才能と努力で極限まで達したゼノの想像力、途方もなく巨大な夢をつかもうと愚直に邁進《まいしん》する精神力、そして絶え間なく固め続けたイメージによって引き起こされた奇跡だ。

ゼノのそれは——ほとんど『不可能を可能にする力』と言って相違ない。

異界から召喚される勇者は多種多様だが、戦闘となればそのほとんどが武器を使用する。攻撃手段の一つをまず封じられるとすれば、文字通り『いんちき』もいいところだ。

「……」

驚愕の表情を浮かべていたのは、モントゥスも同じであった。

しかし、ゼノにも予想出来なかったのは――

「はっはっは！　なんと面白き相手よ！　黒の勇者よ、改めて名を聞こう！」

この鮮烈なる結果を経て、モントゥスがひどく愉快そうに笑ったことだ。

大笑いと言っても相違ないだろう。非常に気持ちが良《い》い、武人然とした態度に、ゼノもつられて笑みを浮かべる。

「『救済の黒天使《ブラックダイヤ》』――名はゼノ」

「ゼノか！　しかと覚えたぞ。気が向いたのならば、貴様も獣人モントゥスの名を覚えておくがいい」

きっと彼にとっては、あるいはその出身たる世界では、戦はスポーツの様なものなのだろう。

故に終わった後、相手を称《たた》えることが出来る――そこに、命を賭《と》しているとしても。

日常には最早《もはや》存在しない『戦士』の価値観。それはゼノの世界に広がりを加えた。

言うまでもない。誇り高き武人、モントゥスの名をゼノは心に刻む。

「よく覚えておく」

「それは光栄だ！」

身を翻《ひるがえ》し、ゼノと背中合わせになるモントゥス。

背を向けた同志に伝わるよう、彼は大声で叫んだ。

「この場は完敗だ！　だが、殺し合いならば俺にも一家言ある。再び、今度は戦場で見《まみ》える時を楽しみにしておこう！」

負けを認めながらに言うそれが、決して負け惜しみなどではないことを、ゼノは背中で感じていた。

「帰りましょうぞアンドリュー殿。中々面白いものが見られた」

「う……ああ。わかった……」

勇者と王族は対等な関係だと言うが、モントゥスはひとまずアンドリューを主として認めているようだ。だとすると性格的に、アンドリューは敗《ま》けたモントゥスを叱責しそうだとゼノは考えていたが——気の抜けた、しかし素直な返答は気圧《けお》されただけのものではあるまい。

「で、ではまたねナナミ。静かに二人で話せる機会を待っているよ」

「ちょっと遠慮したいんですケド……」

キザったらしく髪をかきあげて、アンドリューは去っていた。満足げなモントゥスを伴って。

この分だと、七海《ななみ》の拒絶も聞こえてはいないのだろう。

飽くまでも座興——そういうコト。ゼノは瞑目《めいもく》し、リーゼ達のもとへと舞い戻る。

「……お疲れ様でした」

「ああ」

心なしか眼《め》を輝かせたリーゼの、しかし冷静に努める声に迎えられて、ゼノはわずかに口角を上げた。

恐る恐る触れられていたのが、変わった青年くらいの認識となり——今では、少なくとも『勇者』としては認められているようである。

おそらくはその眼の輝きも隠そうとはしているのだろうが。

理知的な物腰と物静かな佇《たたず》まいとは少々アンバランスな純粋さを、ゼノは好ましく思っていた。

「素晴らしい戦いでした。『双翼の儀式』に関する書は幾つも読みましたが、ゼノはその中でも飛び抜けた力をお持ちのようですね」

「ありがとう。素直に受け取ろう」

実際のところ、争いのための力などゼノにとって重要なものではない。

それをどう使う事が出来るか、という点には興味があるが――しかし、それとは別に、称賛を正しく受け取る器量もまたアーティストには必要なものだ。

「ゼ、ゼノ様……！　スゴイ戦いでした……っ！　黒い羽の力なんて完全に解釈通りで……！　その……！　あっ！　そ、その前に私のために戦ってくださり、ありがとうございます……っ」

その点で言うと、しどろもどろになって必死に言葉を紡《つむ》ぐ七海の態度はわかりやすい。

これまでに受けた数多《あまた》の称賛を、ゼノは思い出す。

そう、『音楽で世界を救う』。そんな夢を掲げ、邁進していた時と、本質的には何も変わらないのだ――ゼノは、地球での活動の事を思い出していた。

目的があり、力があるのならば、それをどう扱えばよいか。考えるべきは、それだけのことである。

「気にしないでくれ。カレのようなのでも、仮にも王子だ、立場を考えれば何かと言いづらいこともあるだろう」

「ゼノ様……っ」

これで話はオシマイ、笑みを浮かべるゼノに、七海はそれ以上の礼を控えたのだった。

……ゼノは変わらない。目的を果たすべく舞い降りた、救いの堕天使。折れた膝には支えの手を、迷いには導きを、ファンにはサービスを。何も変わらぬ『目的』だ。

少し違うのは、これから考えるべきこと。

争いは嫌いだと公言する彼だが、避けては通れぬ『戦い』の存在を、彼は他ならぬ自身の歩んできた道程で知っている。

追い求め続けた『救《い》い』が現実のものとして目の前に現れた——ゼノはこれから、ひとまず示されたそれを、戦いという手段をもって目指していかなければならない。

音楽とは全く別の次元にある戦いというフィールド。それが新たにゼノへと示されたステージ。そこにはゼノのまだ知らぬ、想像を超えたなにかがあるだろう。

うっかりよだれが垂れそうなほど蕩《とろ》けた顔をする七海はひとまず大丈夫だろうと確認すると、ゼノはリーゼに向き直る。

「あの男——モントゥスにはまだ隠した何かがあるようだ」

「……そのようです」

それは、リーゼもまた感じていたことだった。

戦いへのプライドを感じさせる快活な戦士が、負け惜しみを言うとは考えづらい。『殺し合い』——つまり、最初から命のやり取りを想定すればまた別の戦い方があったということだ。

リーゼ達が目《ま》の当《あ》たりにした『勇者』の戦いは、これまでの戦いの記録さえも覆《くつがえ》す激しいものだった。だがそれも所詮は手合わせ、戯《たわむ》れに過ぎないと勇者達は言う。

ゼノが如何《いか》に強くとも絶対はない――リーゼはその事実に、堅く唇を結んだ。

しかし、そんなリーゼの頭に、ゼノは優しく手を置いた。

本来ならば立場上、王族に対する無礼を咎《とが》めていただろう。だが温かいその手を払《はら》い除《の》けることは、出来なかった。

「だが、オレもまだ本分は魅せていない――」

空いた手を置くのは、あのエネルギッシュな音を奏《かな》でる楽器――ゼノの地上における『ツバサ』、ギター。

その深さがわからないのは、このゼノという勇者もまた同じ。

まるで、深い海の様な――どこまでも続く深淵《しんえん》のような、昏《くら》い瞳。

……見入る。言葉も発さずゼノと見つめ合っていた事に気がついて、リーゼは咳払《せきばら》いをした。

「あ、改めてお疲れ様でした。お疲れでしょうし、今日の訓練はここまでにいたしましょう」

本来ならば、ゼノが力に目覚めるまでは訓練を続け、そして旅立ちまでに力の使い方に慣れる事が出来れば十分に理想的だと考えていた。

しかしゼノはその予想を大幅に超えて、完璧以上に力を使いこなして見せた。ならば、訓練を急いで手の内を晒《さら》したり、無駄に疲れを溜《た》めたりすることもないというのがリーゼの考え方である。

リーゼの提案に否定を返す必要もなく、ゼノは頷《うなず》いた。

モントゥスとの戦いで切り札は伏せておく必要があると思ったし、結局のところ戦う力を磨くことそれ自体に意義を見出《みいだ》すことはなかったからだ。

ゼノはもう、己が出来ることは識っているのだから。

「というわけでここからは自由時間にしたいと考えているのですが、なにかご希望はありますか？　出来る限りで揃《そろ》えさせて頂きたいと思うのですが」

「それならば、この世界の文字が識《し》りたい。この世界の物語に触れたいんだ」

だからこそ、ゼノが望んだのは己の内に広がる世界を更に広げることだった。

それは本来のゼノのやるべきことであったし、今はそれが更なる高みへと導くことを感覚的に理解していたからだ。

ゼノの希望を聞いて、リーゼはその心を弾ませる。

文字が読めるというのは旅の最中でもプラスになる。ゼノ自ら言い出してくれるというのは、非常に望ましい展開だ。

それに――物語に触れたいという言葉。リーゼはその言葉にシンパシーを感じていた。

「では、もしよろしければ私がお教えしましょうか？　実際に物語に触れながら、学んでいきましょう」

「ああ。それは助かる」

「任せてください！　ずっと一人で本を読んできましたから、知識には自信がありま す！」

思わず、リーゼは急《せ》くような気持ちでそう言っていた。

他の王族である兄弟姉妹から逃げるようにして、リーゼは書庫で過ごしてきた。本に囲まれて、本を読んで過ごしてきた彼女にとって、本――そして物語は、特別の存在だ。

同好の士たり得る存在が現れたのは、純粋に嬉《うれ》しかった。

「……」

まさにがっつくような態度に、少々複雑な感情を覚えるゼノ。

ぼっちであった事を自白するような言葉に思うところがあったが――本人は気づいていないらしく、ゼノは言葉を飲み込むことに決めた。

「ありがとう。遠慮なく頼むとしよう」

ゼノも礼を返して、申し出を受け入れる。何故《なぜ》だか提案したリーゼの方が嬉しくて、彼女は笑っていた。

その表情を見ていた者はゼノの他に二人。

「……ふん」

その内の一人が、ばつが悪そうに鼻を鳴らした。

「帰るぞナナミ。ヤツが文字を学ぶと言っているんだ。見習って、ナナミも最低限よく使われる単語くらいは学んでおけ」

「あーい……うう、勉強からは解放されたと思ってたんだけどなあ」

がっくりと項垂《うなだ》れる七海。それを引きずるように手を引いて、マルグレーテは歩き出した。

「あっ、さよならです、ゼノ様！　リーゼちゃん！　また会いに来ますからね！」

慌てて別れの挨拶を残して、七海はマルグレーテに連れ去られていく。

……思うところがあるのは、リーゼからマルグレーテに対しても同じだった。

呆《あき》れるように鼻を鳴らすリーゼ。だがその表情にはどこか安心の様な色も含まれていた。

ゼノは何も言わず、そんなリーゼへと視線を送り続ける。

ため息を吐き出してから、リーゼは声なき疑問に答えた。

「あの子も、あんまり立場が良くないんですよ。……落ちこぼれ、なんて言われてて。まあだからといって、厳しい扱いを受けているとかってわけではないんですけれど――」

脅威たり得ぬ故に、いてもいなくても変わらない――ということだろうか。

黙して、ゼノはリーゼの言葉へと耳を傾ける。その声色から、リーゼ自身はそうは思っていないという事が伝わってきた。

「あの分だと、ナナミさんとは上手《うま》くやってる様子ですね。……そう思っただけですよ」

リーゼはマルグレーテの事を他の兄弟達の中ではかわいい方、と評していた。

……なるほど。安堵《あんど》の意味を知ったゼノは、満足気に瞑目し、笑った。

分かった風なゼノの表情に、少しだけ腹を立てるリーゼ。だが、実際その通りなのだろう。ゼノという男は、そういう奴《やつ》だ。深く考えるだけ損をする、リーゼは一つ学びを得ていた。

「……もういいでしょう。それよりも、文字の勉強の方を始めませんか。教材を使ってゆっくり学べるのは、今だけですよ」

「それは困るな。オレ達も行動を始めるとしよう」

結局逆らうこともなく、ゼノは行動を開始する。

この世界の、まだ見ぬ『物語』に想《おも》いを馳《は》せて――

第四章　双翼

ゼノがこの世界にやって来てから、もうじき一週間が経《た》つ。

『双翼の儀式』への旅立ちを翌日に控えた最後の日。ゼノは半ばリーゼの場所と化した書庫で、読書に興じていた。

片手で本を広げ、足を組んで椅子に座る――行儀が悪いながら非常に優雅な姿であるが、その手にあるのは非常に単純な、地球で言う児童書レベルの物語であった。

パルサージュでは最も栄えたグランハルト王国でも、識字率や本の普及率は日本とは比べるべくもないものだ。

しかし娯楽としての本がないわけではなく、教材としての効果を期待され、裕福な家庭の子供へ向けた児童書も存在している。

ゼノが読んでいるのはそのうちの一つだ。真面目に仕事を続けることで成功を収める、そんな、よくある物語。

内容ははっきり言って幼稚であるとも言えるだろう。敢《あ》えて難しい表現が避けられていることを除いても、単調な文章。その上、不要なシーンが多い様に感じられ少々回りくどい。

だが、ゼノにとってその内容自体は非常に興味深いものであった。

やるべきことをコツコツと積み上げることでやがて芽が出るだろう。そんな、地球でもよくある教訓を教えるために都合を整えられた物語。

「そんなに面白いですか？　はっきり言って、あまり優れた物語ではないと思うのですが」

本を読み進めるゼノは、うっすらと笑みを浮かべ続けている。それがばかにするようなものではないというのは、リーゼにももう読み解ける様になっていた。

故に少々無遠慮でもある疑問も、最早《もはや》躊躇《ためら》うようなことでもない。

「面白い。確かにキミの言う通り物語としては稚拙だが――『道徳』の本としては、オレの故郷のそれと面白いほど重なっている」

縮んだ距離感と、実際に本を読んでいる事による機嫌の良さで、ゼノは饒舌《じょうぜつ》に語った。

何よりも彼の気分をよくさせたのは、その内容がパルサージュにおいて『道徳的である』ということであった。

これから、ゼノは世界を再生させる旅へと向かう。それは願い続けた『救済』を実現させるためのものだったが、文化の違いからそれが独りよがりのものになってしまうことをゼノは危惧していた。

他者を傷つけるのはいけない。過ぎた強欲は好ましくない——そして、愛は尊く、故郷は愛《いと》おしい。ゼノの『パルサージュ語』の習熟度がまだ低いため、読んだ本は児童書の様なものばかりであったが、それ故に語られる善悪や教訓は単純で、大事なものだ。

つまりゼノとリーゼが行う救済の結果生まれるであろう新しい『王』の姿は、この世界でもその輪郭はゼノの理想と重なるということである。

「……なるほど、その視点は確かに興味深いですね。合理的であるが故似通う、ということでしょうか？」

「それもあるだろう。……オレは、もっとシンプルだ。それらは美しいという感覚が、似ているのだろうと考える」

『美徳』はゼノが好むところの一つだ。

美しいと思う花を同じ様に愛《め》でる者の存在が尊いと思うように、自分が好むものを遠く離れた異世界の地の人々もまた好んでいるのであればそれは素晴らしいことであると思った。

「貴方《あなた》らしいですね。私はやっぱり、都合がいいからだと思ってしまいますが」

一方で、少々こまっしゃくれた考えをするのはリーゼだ。

得意げに考えを一蹴するようで、議論に胸を躍らせる様は可愛《かわい》らしい。

父であるグランハルト王の事は信頼しつつも、犯罪を起こさぬよう、調和を重んじる『道徳』は為政者――その頂点たるグランハルト王族にとって都合が良かったものなのだろうと思ってしまう。

なにせ、共に育った兄弟姉妹があの様子だ。生まれた時から競争を半ば義務付けられた、ある種原初のルールの中に身を置いてきたからこそ、彼女の考え方は性悪説的であった。

「それもまた興味深い。であればやはり、ヒトは手を取り合うべきだともオレは思う」

ゼノとて、性善説を語るつもりはない。

リーゼの言うようにルールそのものがその時それを定めた者にとって都合が良《い》いからというのも、また理解出来る。

だが最初に彼女が述べた通り、美徳とされるものが合理的である――手を取り合った方が上手く物事が進むのならば、それもまた美しいというものではないか。

「……ゼノの言うことも分かりますよ。まあ、ひとまずのところ、私達は競争しなければならない立場にあるわけですが」

「違いない」

実際のところは、避けて通れぬ争いがあるのもまた事実なのだが。

ゼノの思う美徳がこの世界でも同じならば、悪逆とてまた同じ。

世界の再生こそが最大の目的であることは変わらないが、暴君愚王の誕生を防ぐのもまたやるべきことの一つだ。

「そんなわけでと言いましょうか、明日から始まる『双翼の儀式』に先駆けて、顔見せの場があるんです。参加は自由なのですが、よければ行ってみませんか？」

話が変わった流れに乗じ、リーゼはゼノへとそんな提案を行う。

ゼノが、本から顔を上げた。

「どういう催しなんだ」

「お父さ……グランハルト王による激励のお言葉を賜る場です。とは言っても正式な儀式の手順ではないので出なくとも良いとのことですが、興味があれば如何《いかが》ですか」

旅立ちの前、王に言葉を賜る勇者。

我が身で体験する機会があるとは思えなかった場面に、ゼノは興味を惹《ひ》かれた。

まるでゲームの一幕。集まった者のうち誰が『主人公』となるかは分からないが——なるほど、中々面白そうだとゼノは思案する。

顔見せの場とは言うが、兄弟姉妹である王族達は皆既に互いの顔は知っているだろう。

勇者を見られる場を作ったといったところだろうか。

少しだけ考えて、ゼノは——

「出よう。是非見てみたい」

「そう言うと思いました」

無論と言わんばかりに、出席を決めた。

あらゆる見識を広める。それもまたゼノにとっては至上の目的の一つだ。

リーゼがわかったことの一つとして、ゼノは非常に知識欲が強いというか、好奇心が旺盛なところがある。

学ぶ姿勢の強さを、彼女は好ましく思っていた。

「では、後ほど参りましょうか。何か準備がありましたら、先に済ませておくことをおすすめしますが」

「いいや、このままでいい」

それもまた、予想していた答えの一つ。

ゼノにとっては今のこの姿こそが正装なのだということも、リーゼは理解していた。

この世界の基準で言うならば——いや、地球でさえもそれは奇抜の一言だが、身分と心構えを表すという意味では確かに、ゼノという人物にとっては正装たり得る姿なのだろう。

……正直なところ、リーゼは自身に向けられるであろう兄弟姉妹の視線を考えて、激励の場への参加を迷っていた。

だが、その迷いはもうない。こうなりゃやってやりますよと、リーゼは一対の英雄、『勇者』の対の翼として儀式へと参加することを決めたのだった。

◆

それから少しして、リーゼはゼノを伴って謁見の間へと向かっていた。

元はと言えば参加するつもりはなかった『双翼の儀式』――世界に再び豊穣《ほうじょう》を齎《もたら》すための、そして王の座を決定するための戦い。

今や自分がこんなにも奇抜な勇者を召喚し、臨むことになろうとは。怒りに任せて数奇な運命を選んでしまった自分に呆《あき》れが混じり、リーゼはため息を吐き出した。

世界に再び豊穣を与える『双翼の儀式』。これに失敗すればパルサージュは枯死へと向かうとされており、万が一にも儀式の失敗は許されない。そのため女神は己の血脈を宿すグランハルトの王族に多くの子を儲《もう》け、そして儀式に成功した者を新たなるグランハルトの王とせよ、と言い残して神樹と化したそうだ。

全く、迷惑な話である。

……お陰様で、グランハルトの兄弟姉妹はその全員が生まれながらにして競争相手だ。

そうなると、競争相手は少ない方がよいに決まっている。それ故に、正統のグランハルト王族の血を半分しか持たないリーゼは、それを牽制《けんせい》する形で兄弟達に蔑まれ続けてきた。

いっそもっとずっと早い段階で儀式への不参加を表明していれば、自分への扱いも違っていたのだろうか？　リーゼは長い廊下を歩く最中《さなか》、ふと考えた。

自分で言うのもなんだが、リーゼは多くの本で様々なことを知ってきた自らの事を、賢いと思っている。だがそれは間違いだったのではなかろうか。

——結局、今ではこうしてゼノという勇者を伴って、謁見の間へと向かっている。浮世離れした美貌と、超俗的な思想を持つ、黒衣の勇者。ゼノと自分とを比べ、リーゼは少し嫌になった。

「(ゼノなら私の立場でも堂々としているんだろうな……)」

一つ、ため息。その様子を、ゼノが一瞥《いちべつ》する。

「気が重いなら帰ろうか？」

「いえ、結構です」

わかっているくせにそんな事を聞いてくる。

気が重いのは事実だが、覚悟はとっくに決めていた。小さく鼻を鳴らすゼノにまた少しだけ腹を立ててから、リーゼは脱力した。結局食って掛かっても、ひらりと躱《かわ》されてしまう事を知っているからだ。

争いが嫌いだと言うゼノは、言うだけあって争いを回避する技術に長《た》けているようだ。その上で無条件に降伏するわけではなく、こちらに何かを気づかせるように仕向けてくる――

自分にこれだけの器量があったら。……多分、儀式に参加することはなかっただろうと、リーゼは苦笑した。

逆に、兄弟達ももう少しうまい方法があったのではないだろうか？　結局、虐《しいた》げることで『敵』を増やした彼らの事を思うと、争いの虚《むな》しさというものが感じられる。

だからだろうか。今では、少しだけだが兄弟達が小さく見える様に感じていた。儀式の参加者が集まる場に出れば、リーゼには間違いなく非難の視線が集まるだろう――しかしそれが、今は怖くない。

「とは言え少しだけ緊張しますね」

まるきり気にならないかと言えば嘘《うそ》になる。

それでも、少しだけ前に進んだことには代わりはない。

そう言いながらも決意の光を眼《め》に宿す少女を見て、ゼノは彼女に見えぬ立ち位置で、満足気に微笑《ほほえ》んだ。

「これはリーゼ様。よくぞいらっしゃいました」

「はい、ありがとうございます」

謁見の間へとたどり着くと、リーゼの姿をみとめた兵士が顔を綻ばせる。

……どうやら、その立場に反して彼女は王城内での人気は高いようだった。

ゼノはそれを高貴な血を理由に過度に偉ぶらず、真摯に『人』と接することで培《つちか》われた関係だと思っている。

それだけが王の資質であるとも思わないが——ともあれ、運命の扉は開いた。

巨大な扉が開くのを、ゼノは静かに見守っていた。

兵士に通され、謁見の間へと足を踏み入れる。

そこには、王を除いて十六名の男女が集まっていた。うち四人は既に知った顔——訓練場で出会った『双翼の勇者』達だ。

あとは知っている者といえば最初に出会ったルドルフだが、彼の顔はない様子である。

参加自由というのは事実のようだ。

「……何組か、来ていないようですね」

「暫《しば》しの間とは言え、親子の別れにそれは少し寂しいな」

「少々ドライですが、こんなものでしょう。手札を隠すという観点で見れば、責められることでもありません。……中には、ルドルフ王子の様に興味さえ持っていないためにさぼった者もいるとは思いますが」

そしてその集まりは悪いとも。

ゼノにとってはどうせならば華々しい方が面白かったが――ここへ来づらそうにしていたリーゼを思えば、これでちょうど良かったのだろう。

ゼノを見つけて喜びの表情を浮かべる七海《ななみ》、リーゼを見て好戦的な笑みを浮かべるマルグレーテを除いて、一斉にリーゼへと突き刺さった視線は、あまり好意的であるとは言えなかった。

その感情は様々だが――卑《いや》しいものを見るような、あるいは汚らしいものを見るような。

リーゼは末妹だと言うが、とても妹へと向けるものではない視線は、ゼノにさえ不快感を覚えさせるものだった。

この場に参加者が増えていても、その数が増えるだけだろう。異界から召喚された他の『勇者』達には興味があったが、それと天秤《てんびん》に掛けるほどのものでもない。

「予想通りですね。まあいいです」

小さく呟《つぶや》いたリーゼは凛《りん》と歩みを進める。

それでこそだ。ゼノは、水面《みなも》に波紋を落とすように、静かにその後ろを付いて歩く。

謁見の間に延びる真紅の絨毯《じゅうたん》の道。その傍《かたわ》らに並ぶ『双翼の勇者』達——空いた場所を見つけると、リーゼが道を外れてそこへ立つ。

ゼノも同じ様に隣へ立つと、ざっと見回すように視線を参加者達へと向けていく。

王族達はともかく、召喚された勇者達はゼノの興味を惹くに十分なものだった。

獣の耳が生えた獣人、モントゥスを始めとして——ガスマスクを被《かぶ》った何者か、ローブを纏《まと》った骸骨に、知性的な眼光を持つ『ゴブリン』。どれも『といったように見える』者達だが、そこにいっそ浮いてさえ見える、精悍《せいかん》な顔つきの騎士が一人交じる。

ファンタジーの大集合といったところだ。それを現実として自らの眼で捉えている——その光景は、大いにゼノを興奮させた。

彼らにも、元いた世界があるのだろう。願わくばその話を聞いてみたいが、敵同士の身分ではそれも叶《かな》わぬだろうと思うと少し寂しい。

「……噂《うわさ》は本当だったようですね」

小さく、ぽつりとリーゼが呟いたのを、ゼノは聞き逃さなかった。

視線を向けると、リーゼは前を向いたままゼノへのみ聞こえるように小さな声で教えてくれる。

「あちらの騎士が見えますか？」

視線は動かさず、指差すこともない。しかし騎士という言葉で、ゼノは小さく返事をした。

「彼は、マクスウェル＝ゴールという我が国の騎士団長です。……例を見ない同世界からの召喚だと、噂にはなっていたんですが……」

先程眼を留めた精悍な顔つきの騎士がそうだろう。

同世界からの召喚という言葉に、ゼノも疑問を抱く。

この世界の、『双翼の儀式』という催しに詳しいわけではない。だが異世界から勇者を召喚する、という儀式において、同じ世界から召喚されるというのは、あり得ることなのだろうか。

「……考えている様な事はないと思いますよ。隣の女性——エヴェリン王女は、優勝候補とも目されている優秀なかたですから」

なんらかの不正を疑ったゼノだったが、確かにそれをするメリットはない。

例えば——召喚の儀式に失敗して近い存在を『勇者』として取り立てた、という可能性も考えたが、実際にゼノも勇者の力には一目置いている。あの規格外の戦いに本物の勇者を伴わず身を投じていくのは、危険なだけで意味がない。

優勝候補という前評判があるならば尚更《なおさら》か。

年の頃は二十歳ほどだろうか？　キツそうな眼をしている女性だが、その佇《たたず》まいからは確かに、成功を積み上げてきた者特有のオーラの様なものを感じた。

と、ジロジロと周りを見回すのももう終わりか。

「良くぞ集まったな、我が息子、娘達よ。また如何《いか》なる理由におかれても、この場に来られた異界の勇者様に対しては、感謝のあまり言葉もない」

謁見の間に響く威厳ある声に、ゼノは意識を切り替える。

場の誰もが視線を動かさぬままに、王の言葉へと耳を傾けるのを感じた。

「世界の再生という大義を背負い、よくぞ旅立つ決意を決めた。我が息子、我が娘達よ、そなたらの覚悟、前の『双翼の儀式』を遂げしこのグランハルト王が確《しか》と確かめた。……無論、この儀式が単に世界を救済するだけのものではないという事はお前達の全員が知っていよう。世界の救済以上に、もう一つの意味にこそ価値を見出《みいだ》している者もいるだろうと思う――」

グランハルト王。つまりそれは、前回の『双翼の儀式』を制した者であるという証明でもある。

ゼノは彼に優しい父親の一面を見た。それは事実だ。リーゼを含めた全員が、その愛を等しく受けて育ってきた。

だが、同時に争いを制した者でもあるということを、彼らは今強く実感していた。

「私はそれを、否定しない。だがグランハルトの血がこの世で最も尊きものの一つとして扱われるその意味を、旅の中で考えてもらいたい。これが、グランハルト王としてこの『双翼の儀式』に挑むそなたらに送る、唯一の言葉である」

岩山の如《ごと》く、雄大で威厳のある声。

参加者達は皆、様々な想《おも》いで王の声を聞いていた。

ゼノもまた、その声に感服していた。地球には『世界の頂点』という存在はいない。少なくとも、それは世界中の人々に認められている存在ではないだろう。

だが唯一世界を救いうる王族の中でも、実際に世界を救った『王』の発する声、それには特別な威容が存在している事を感じていた。

「明日、世界を救うべく旅立つお前達を誇り高く思うと同時に、どうか身体《からだ》には気をつけてほしい。これは、父としての言葉である。……この場にお集まりになった勇者殿に対しては、お見苦しい所をお見せした事をお詫《わ》び申す」

同時に、やはり『父』としての顔が同居している事をも。

その言葉の受け取り方は様々だろう。だがゼノはそれを好ましく思った。

「勇者殿におかれては、改めてこの世界を救うべくお力を貸してくださる事に感謝いたします。どうか明日の旅立ちまで、好きなようにゆるりとなさってくださいませ。それでは、失礼する」

立ち上がり、玉座から退くグランハルト王。

持ち主が消えたその椅子を見る王子達の視線は、如何なるものか――空いた椅子に、ゼノは思いを馳《は》せた。

王が姿を消すと、誰ともなくその場を後にし始める。

七海はゼノと話したそうにしていたが、マルグレーテがそれを引っ張っていく。

この場は当然と言えば当然だろう、和気あいあいという雰囲気ではなさそうだ。

「私達も、戻りましょう。今日はゆっくりと身体を休めないと」

「ああ」

ひとまずは書庫へと戻る事にしたリーゼとゼノ。

リーゼは不思議と、行くまでよりも戻る時の方がその道程を短く感じた。

書庫に戻り、椅子に腰掛ける。

「ここも、暫《しばら》くはお別れですね」

生まれてから今まで暮らした王城を去るのは、皆同じ。リーゼはやはり、この書庫こそを名残に感じるようだった。

……運命の扉は開いた。お姫様が書庫を出て思うのは、如何様なるものか。

「Prelude は終わりと言ったところかな」

ゼノは一人、笑みを浮かべた。

第五章　旅立ち

そして夜が明けた。

太陽は既に上へと昇ってきており、夜が明けたというには少し遅い時間だというのに、ゼノは不思議とそんな事を言いたくなった。

そもそもが口数が少ない彼だ、実際に口に出すことはなかったがともかく——空は晴天。

絶好の旅立ち日和である。

「ええと、それで、おさらいなのですけれど……」

城から正門へと続く庭で、リーゼとゼノは地図を広げていた。

既に何度か話したことではあるが、その最終確認といったところだ。

「『双翼の儀式』は各地に枝を移した神樹のもとで『守護者』を倒し『女神の印』を授かっていく試練です。その攻略順は自由ですが、最終的に六つ全ての印を集め、このグランハルトにある『世界樹』へと戻って祈りを捧《ささ》げる——と、この流れは大丈夫ですか？」

まず、リーゼが確認したのはこの儀式の流れであった。

世界各地の神樹を回り、祈りを捧げることで呼び出される守護者と戦う。

それぞれを倒すことで試練を越えた証《あかし》として『女神の印』を授かり、その全てを世界樹へと捧げることで『双翼の儀式』の完了とする。

「ああ。何だったら、問いかけてくれても構わない」

聞いた通りの話だ。問題はないと、ゼノは何気なく返した。

要するに――少し俗っぽい言い方になるが、チャレンジ付きのスタンプラリーというわけだ。

競争形式ながらその賞品が『王の座』という、なんとも豪華なスタンプラリーである。

ゼノは、小さく鼻を鳴らした。

「……では、失礼して。――まず、私達はグランハルト内に世界樹とは別に存在するもう一つの神樹を目指します。理由は二つ、これが最も簡単で近い試練であることが一つですが、もう一つは何故《なぜ》でしょう？」

ゼノの提案通り、クイズ形式で確認するリーゼ。

「『印』の奪い合いが許されているから。最も簡単な試練という事は、その印の価値も低いというコト――つまり、他の勇者との戦闘になる確率が低い」

ゼノも、つらつらとそれに答えた。

基本的には、リーゼ・ゼノ組は他の参加者との争いを回避していく方針だ。

挑まれれば当然応戦するが、ゼノもリーゼも、無用な争いは避けたいというのが共通の認識だった。

口に出して確認はしていなかった事項も、理由を添えて返す。ゼノならばそれくらいは容易《たやす》いだろうとリーゼも思っていたので、その答えに頷《うなず》く。

……そう、本来ならば敢《あ》えて確認することもない事なのだ。

「流石《さすが》ですね。元々疑ってもいませんでしたが――最後におさらいだけしましょう。……私達は今、ここにいるのですが――最初の目的地、アウレアの街はどこでしょう？」

リーゼが、地図を指差す。そこには『オスト』と記されていた。このグランハルトの王都の名前だ。

ゼノは、リーゼの指を見た。なるほど、確かにオストと記されている。

……だが、彼に分かるのはここまでだった。

ふと空を見上げ、そして呟《つぶや》く。

「眩《まぶ》しくて分からない――オレの道は、常にそうだった」

既に、二人は何度か地図を確認している。だがどういうわけだかゼノは――地図を読むことが出来なかった。

暗記するだけならば容易いはずだ。そもそも、オストの周辺を見ていけばすぐに目当ての街の名前を見つけることが出来るだろう。

しかし何故か、ゼノは地図を上手《うま》く読み解くことが出来なかった。

……いや、もっと言えば――

「はあ、直りませんでしたね、その方向音――」

「その表現はやめろ――心外だ。レールに縛られたくはない、それだけのコトなのに」

敢えてその表現を避けるのならば、方向感覚の欠如。それは完璧なゼノの、唯一と言ってもいい欠点であった。

実はこの男、全てを見透かし理解しているような態度でいながらも、この一週間、城内で迷子になった回数は数知れず。

「まあ、苦手なことの一つくらいはあるでしょうけど……」

たとえ勇者と呼ばれるような存在でも、完璧な人間などいるはずもない。

ある意味では、そのくらいの方が親しみもあって良いとは思うのだが――

どこかではぐれてしまえば、その間リーゼは一人になってしまう。彼女も魔術は人並み以上に扱えるのだが、相手が同じくらい魔術に精通する王族に、勇者までいてはお話にならない。

「気をつけてくださいね……ゼノとはぐれたら、再会する自信がありません」

「案ずることはない。オレが、キミを見つける――」

その上、やたらと自信満々なのが彼のタチが悪いところだった。

……実際、なんでも大体上手く行ってしまうのがゼノという男のこれまでだった。

器用に物事をこなすという意味ではない。あるいは大いなる存在の加護さえ感じるような――音楽という大正解を引き当てた力のことだ。その力は他にまで及び、ゼノは何かを選ぶという時に良《い》い方を選び取る感覚に優れていた。

なのにどういうわけだか、それが『方向』にだけは働かないのだ。

ある意味では、彼が言ったことも間違いではないのだろう。光あふれる未来を持つが故、眩しくて道が見えない――そんな戯言《たわごと》が、事実だと思ってしまうほどに。

「まあ、私が気をつけるしかありませんね。……街とかで、私とはぐれないでくださいね」

「Sadness――」

さらっと流されて、ゼノは嘆く。

だがこれでメンバーに怒られた記憶もあるので、ひとまず素直に従うことにした。

ゼノの致命的な方向感覚の欠如は懸念《けねん》ではあるが、ないものねだり――というか、唯一

とも言える欠点にケチを付けるのも不毛だ。

リーゼは地図をしまって、ゼノへと向きなおる。

「確認は以上です。……改めて、これからお願いします、ゼノ」

意識を切り替え、真剣さをその瞳に浮かべて、リーゼは心の底からそう願った。

雰囲気の違いにゼノが気づかぬはずもなく、珍しく萎《しお》れた顔をしていたゼノは、救済のため舞い降りた堕天使へと戻る。

「こちらこそ、今後とも宜《よろ》しく」

変わり身の早さは正しくプロ。その頂点に立ったゼノのそれは素早い。

瞬時に切り替わるギャップに、リーゼは少しだけ心を打たれた。

打たれたが——城の方から歩いてくる二人組、その片方を見て、心中で自らの頬を張る。

「あっ、あっ……ゼノしゃま……！」

マルグレーテの『勇者』七海《ななみ》だ。

ゼノの姿を見つけると、快活ながら知的なはつらつとした表情をだらしなく蕩《とろ》けさせて、祈るように両手を組む。

……こうはなりたくない。心の底から、リーゼは思った。

「おはよう、七海。良い朝だな」

「はいぃっ！　ほ、本日はお日柄もよく……！　ふひ……」

憧れのゼノからにこやかに話しかけられ、七海は昇天寸前だ。

融解して地面に染《し》み出しそうな自分の勇者に活を入れるべく、マルグレーテは軽く七海の腕をひっぱたいた。

「いたっ、なにするの⁉」

「敵を前にして蕩けるなバカ！　もう『儀式』は始まってるんだぞ！」

「『敵』じゃないよ、『競争相手』でしょ？　あんまり固くなるのもよくないって～」

正気に戻った七海は、本質を見据えており、マルグレーテをなだめる様は知性的だ。本当に、なんでああなってしまうのかとリーゼは頭を抱えたくなった。

実際に頭を抱えたい気持ちは、マルグレーテの方が遥《はる》かに上だろう。ゼノも相手にすると疲れるが、アレは別種で格上だろうと思ってしまう。

「キミ達もまだ出発していなかったんだな」

「……ふん、まあな」

ゼノの言葉に、つんと答える。

だが『あのマルグレーテ』が。ひねくれた彼女が素直に答えてしまうあたり、やはりゼノには何かがあるとリーゼは感心する。

不思議と心を開いてしまうそれを人はカリスマというが、まさかそれが優秀な為政者達が持つそれと同種の、更に超える様なものであることなど想像も付かないだろう。

それはさておき——この時間にマルグレーテがここにいるという事は。

「その分だと、どうも同じ馬車のようですね」

「ちっ、そうだよ。前の馬車にはルドルフ兄さんがいたからな……」

可愛《かわい》らしい顔を心底嫌そうに歪《ゆが》めて、マルグレーテは吐き捨てる。

『双翼の儀式』に向かう王子達への最後の手助けとして、王国は最寄りの街へと馬車を出していた。

主目的である『世界の再生』を遂行すべく、儀式の最序盤における参加者同士の争いを避けるため定員を設け、後に出るものほど多くの情報を得るようにしてだ。

基本的に、最序盤は参加者同士で戦闘になることは少ない。

女神の印を奪うにしても、それを得ている時点で『守護者』より手強《てごわ》い相手なのは確実、参加者同士の争いが現実的になってくるのは儀式が終盤へと進むにつれてだ。

故にマルグレーテがルドルフを避けたのは彼との戦闘を危惧してのものではなく——

「ああ……そうですか」

マルグレーテもまた、ルドルフを嫌っているから。

多くは語らず、リーゼは納得する。ルドルフは彼女達の長兄にあたる存在だ。魔術師としても卓越した腕を持ち、兄弟達から一目置かれている。

しかしそれとこれとは、話が別。仮に自分が他の兄弟姉妹と同じ境遇でも、ルドルフと同じ馬車になることは敢えて避けただろうとリーゼは考えた。

ルドルフは自分以外の全てを見下している。その様な人間と好意的な関係を築くのは難しいだろう。

……ある意味では、彼はリーゼ以上に避けられていると言ってもいい。マルグレーテが一つ馬車をズラしてリーゼと相乗りになることを選んだのが、いい例であった。

「暫《しばら》くご一緒ですね、ゼノ様‼」

「ああ。オレもファンといられて、嬉《うれ》しいよ」

「……ッッッ――――！」

七海がバカになることに、目を瞑《つぶ》ってまで。

恍惚《こうこつ》の表情を浮かべ胸を押さえる七海は、今にも倒れてしまいそうだ。

短い間ではあるが思いもかけず賑《にぎ》やかな旅になりそうだと、リーゼは肩を落とした。

「くそ、ほんとに厄介なヤツを呼びやがって……」

恨みがましい視線が突き刺さる。

そんな事を言われても、自分だってゼノを呼ぼうとして呼んだわけではない。

……その上で、少し申し訳ない気分が出てくるのは、何故《なぜ》だろう。多分ゼノが、全てをわかった上でやっているからだと、リーゼはため息を吐き出した。

「……馬車が来ましたよ。行きましょう、ゼノ」

「わかった」

要するに、適度な距離感で付き合うのが一番なのである。

奇《く》しくもリーゼは地球における『聖なる茨《エルヴァイン》』との付き合い方においての、一つの正解にたどり着いていた。

「幸せすぎる……きっとここが私の『神界《パライソ》』だったんだ……」

でないと、底なしの沼にハマることになる。このパルサージュにおいて最も尊い存在の一つであるはずの、この勇者と同じ様に――

「ええい、動けナナミ！　いつまで固まってるんだ……！」

自分がそうなっているのはあまり、想像はしたくないものである。

そんな妄想から逃れるように、リーゼはそそくさと馬車へ乗り込んだ。

◆

「……」

ゼノ達を乗せた馬車が王城を出て暫く。

オストの街を通り、馬車は既に草原へと出ていた。

有耶無耶《うやむや》の内に始まったとは言え、大いなる旅路を走り出した馬車の中は揺れの音のみを残し、静寂に包まれている。

しかし、その沈黙は空気が悪いものではなかった。

寧《むし》ろその逆――これから敵対する可能性もある者同士であるにも拘わらず、その雰囲気は清浄極まるものだった。

今、馬車内の四人は全員が同じ景色を共有している。

視線は、無限に続く海の様な、そよぐ草原へと。

リーゼとマルグレーテ、そして七海は眼《め》を輝かせ、ゼノまでもその光景に見惚《みと》れている。

「わー、めっちゃ綺麗《きれい》……」

「ホントだな。……先が見えないほど、広がってる」

思わずその感心を口から零《こぼ》したのは、七海であった。

つられて、マルグレーテが感嘆の吐息を吐き出す。

……実は、マルグレーテもリーゼも、王都を出るのは初めてであった。

万が一にも失敗をせぬよう『儀式』を行う王族の数は多い方がいい。神話の時代から語られる価値観により、王族達の身は万全をもって守られている。

そのため、彼女達は王都までは足を運ぶことがあっても、その外を見る事はなかったのだ。

少し意地悪な言い方をするならば、彼女達は今まで壁の中にいたと言ってもいい。

マルグレーテにとってその光景は完全なる未知であったし、リーゼにとっては文字でしか見たことのない、空想の中の存在であった。

「美しいな……」

一方で、ゼノや七海にとってもその光景は格別であった。

日本にも、草原はないわけではない。七海は草原の中を走る道路を両親に連れられて通ったことがあるし、ゼノは楽曲のPVを撮影したこともある。

しかしそれはゼノ達にとっては日常の光景ではない。

草原に広がる草は地球で見るそれとは僅かに色彩が違い、ここが故郷からは遠く離れた地であることを実感させるものとなっていた。

ゼノ達はその光景に暫《しば》し見とれていた。王族二人よりも少しだけ先に落ち着くと、ゼノは揺れる座席に深く腰掛け直した。

まだ窓にかぶり付く二人の王女に微笑《ほほえ》みを浮かべて、その心境に想《おも》いを馳《は》せる。

輝く翠玉《すいぎょく》の海へ初めての冒険に漕《こ》ぎ出す王女達――いい詩が書けそうだ。少しばかり『エルヴァイン』のイメージとは離れてしまうかもしれないが。

ゼノ個人の好みとしては、二人が手を取り合って世界の再生へと向かう、なんて筋書きが好ましいとも思ったが。

「……なにを見てやがる」

と、そんな風に二人を観察していたら、マルグレーテの方に気づかれてしまった。

長い八重歯を覗《のぞ》かせて、睨《にら》みつける様はさながら小さな怪獣か。

「ちょっと！　不敬だよマルちゃん！」

「んなっ!?　なにが不敬だっ！　わたしは！　王女なんだぞ！」

「でも『勇者』って一応偉いんでしょ？　王女だからこそちゃんと敬意を払わなきゃいけないとかもあるんじゃないの？」

「ぐぬ……！　痛いところを……」

それも、自慢の『勇者』にはかたなしのようであるが。

微笑ましいその様に、ゼノは顔を綻ばせる。妖艶《ようえん》に微笑むことはあっても、無邪気なまでの笑みは珍しく――希少では利《き》かないその表情に、七海の時が止まった。

「ちっ、おもしろくない。……おい、ゼノとかいったか」

言い争う相手がフリーズしてしまったマルグレーテは、その元凶へと視線を向けた。

マルグレーテに名を呼ばれ、ゼノは虚を衝《つ》かれた様な表情をしつつも、視線を返して返事とする。

「おまえ、吟遊詩人みたいなもんなんだろ。ちょっと一曲歌ってみろよ」

思っていたのとは違う言葉に、ゼノは少しだけ驚いた。

どうやら、自分の勇者が執心の『アーティスト』に少しだけ興味が湧いた――そんなところだろうか。

『エルヴァイン』の『狂信者《ファナティック》』が聞けば卒倒するような、神をも恐れぬ言葉に七海《ななみ》が硬直する。

だが王女サマらしく歯に衣《きぬ》着せぬ言い草は、ゼノを大いに愉快にさせた。

『エルヴァイン』として活動を始めてから暫くすると、こんな風にモノを言う者はいなくなった。

……何故だかそんな扱いが、無性に面白く感じる。いや、今の自分は『エルヴァイン』から離れたただの『ゼノ』だ。新たなる冒険に漕ぎ出したのは、自分もまた同じというコト。

「私も少し、興味があります。良ければ一曲、歌ってみてはくれませんか？」

「仰《おお》せのままに」

リーゼから許可を得られれば、何を憚《はばか》ることもない。

ゼノは敢《あ》えて『吟遊詩人』を、あるいは王宮付きの道化師を演じるように、大仰に承諾して静かにギターを構えた。

勇ましくもどこか切ないメロディが、馬車の揺れさえもかき消して、響き渡る。

――『アルバトロス』。悪意に晒《さら》されつつも気高く飛ぶ鳥が最後にはその美しさを認められる、そんな曲だ。

ギターの奏《かな》でるエネルギッシュな旋律、それは普段物静かなゼノが張り上げる、心を抱きしめるような歌声と合わさって、衝撃と化して聞くものの身体《からだ》を貫いた。

目を閉じれば、その光景が目に浮かぶような――『海』さえ見たこともないリーゼとマルグレーテの心に、空を飛ぶ海鳥の視点が映し出される。

――それは、遥《はる》かなる体験。王族として、芸術に触れる機会は今まで何度もあった。それこそ、オーケストラを聞いたことだってある。

だが直接心に訴えかけてくるような超絶の技巧は、たった一人でそれを凌駕《りょうが》するほどの感動を与えていた。

「どうだったかな」

最後の一音を爪弾いて、ゼノは静かに語りかける。

その瞬間、ようやくリーゼとマルグレーテは現実世界に戻ってきた。

七海はまだ帰ってきていないが——なるほど、彼女が夢中になるのも頷《うなず》ける。まだ見ぬ世界さえも味わわせるような情景に、リーゼは心の底から感嘆した。

「……素晴らしかったです」

身を乗り出しそうになるのを必死に抑えて、リーゼはそれでも上ずった声で答えた。

慢心ではない、絶対の自信。なるほど、確かに音楽という分野においてゼノという男は、常識を遥かに超えた存在であったらしい。

「さ、さ、最高でした……！　こんな距離でゼノ様の生演奏と歌声をお聞かせいただけるなんて、異世界まで来た甲斐《かい》がありました……ッ！」

ゼノへの賛辞を謳《うた》う七海をじろりとにらみつけるマルグレーテだが——ため息を吐き出して、顔を落とした。

元からゼノを信奉しているとあっては、七海のこの反応も納得するしかない。そう感じた故に、七海を咎《とが》めることを諦めたのだ。

「ふ、ふん……中々ではあったな……」

代わりになんとか紡《つむ》いだのは、ぶっきらぼうな称賛。

リーゼは、この期《ご》に及んで強がりを言えるマルグレーテを、この時ばかりは尊敬出来るとさえ思った。

悲しいかな、虚勢である事は見るまでもないほど情けない声であったが。

「くっく……」

愉快そうに喉を鳴らすゼノ。それは勝利宣言か――いいや、彼は素直にマルグレーテを好ましく思っていた。

しかしただでさえ回りくどいゼノの仕草が、マルグレーテに伝わるはずもない。

かっと顔を朱《あか》く染めるマルグレーテ。咄嗟《とっさ》に怒りを吐き出そうとするも、何を言うべきか思い浮かばない。

そんな中、御者の席へ通じる窓が叩《たた》かれて、音を鳴らす。

この場の誰も窓を叩いてはおらず、自然、外からのもの――御者が何かを伝えようとしている事がわかった。

大きく息を吐《つ》いてから、窓に近かったマルグレーテがそこを開いた。

「どうした」

身だしなみを整えた御者が、顔を乱しながら大慌てで顔を出す。

勢いに驚いたマルグレーテが無礼を叱りつけようとすると、御者はそれよりも早く口を開いた。

「そ、それが……武装した一団が、馬に乗ってこちらへ近づいて来ます……！」

「ああ？」

その報告に面食《めんく》らったマルグレーテが、一瞬だけ硬直する。

……対して、リーゼはとうとう本当の意味で『儀式』が始まったと表情を引き締めた。

「盗賊か何かか？」

「いえ、多分誰か他の王子が差し向けた刺客でしょう」

このタイミングで、いや、そうでなくともこの世界で王家に弓引くものはほぼいないと言っていい。

それは『双翼の儀式』が世界中に豊穣《ほうじょう》を齎《もたら》し、そして世界の寿命を延ばす儀式だからだ。これに手を出すということは世界の破滅を願うも同じ事であり、世界中を敵に回すことをも意味する。

それが今、まさに双翼の儀式が始まったその直後に襲われるということは——それによって得をする誰かの存在を証明することに他ならない。

「……『勇者』以外の干渉はルール違反だろ？」

「記録から察するにですが、今までの試練でも行われてきたことです。なにせ罰するのは難しいでしょうから」

面倒くさそうに、マルグレーテは舌を打つ。

儀式の失敗が即座に世界の破滅に繋《つな》がっていく以上、その成功率を下げる様な手段は禁止されている。

しかしそれを守るかどうかは別の話だ。疑わしきは罰せず、参加者を無闇に減らすわけにはいかない以上、疑惑で失格というのも難しい。

そしておそらく、これほどの大罪を犯すのはよほどの覚悟を持った者達だ。口を割るくらいならば自害するくらいの覚悟を持たねば、王族の襲撃など出来はしない。

……いや、それ以上に――

「仕方がないな。……歌の駄賃だ、露払いをしてやるよ。……ナナミ」

「はいはーい！」

「おい御者、馬を止めろ。賊を迎え撃つ」

「しょ、承知しましたッ」

勇者に弓引く、その虚《むな》しさを考えれば『双翼の勇者』の襲撃などとてもとても。

馬車を止めさせると七海が草原へと降り立ち、遅れてマルグレーテがぴょんと段差を飛び降りる。

目配《めくば》せをしたリーゼに頷きを返してから、ゼノ達も馬車を降りた。

「少ないな。捨て駒か」

二十人ほどの集団を見て、マルグレーテは牙をむき出しに、獰猛《どうもう》な笑みを浮かべた。

向けるは蔑み。馬で向かってくる者はそのいずれも手練《てだ》れと言うに相応《ふさわ》しい者達なのだろうが——勇者の力の前では、あまりにも無力が故に。

七海が手をかざすように前へと突き出すと、そこに光の大剣が現れる。

同時に、七海の背からはコバルトブルーの光で織りなされる、機械的な翼が現れた。

その姿を見て、ゼノがほうと吐息を漏らす。

「ちょっと驚かせてやれ、ナナミ！」

「りょうかーい！」

柄《つか》を上手《うま》く使って、重さなどまるでないと感じさせる軽やかな動きで光の剣が回され、そして背へと担《かつ》ぐように構えられる。

事実、その光の剣に重さなどないのだろうとゼノは思う。『力』に目覚めて以来漲《みなぎ》る活力を考えれば、見た目通りの大きさの金属で出来ていたとしても七海は軽々とそれを振り回しただろうが。

「ちょっとカッコいいトコ見せちゃおっかな！」

構えた大剣には力が集まるにつれ、その光が増していく。やがてそれが高まると、七海は剣を構えたまま高くへ飛び上がった。

「光の剣を受けてみろ！　なんつって……『レイシザー』っ！」

そして――振り下ろす。剣へ湛《たた》えられた力が振り払われるように、放たれた力は大地へと滴《したた》るように走り、破壊の力を齎した。

走る光はその余波を壁のごとく高く立ち上らせて、孤を描く。

災害にも等しい力に走る馬の殆《ほとん》どが怯《おび》え、混乱し、騎手を振り下ろして反転した。

余波の壁が消えていくと、大地にはその名を冠する通り――『裁断』された跡が残されていた。

「……！」

その破壊力に、リーゼは堅く眉間に力を入れた。

必要な時に、欲しい分だけの破壊を齎す力。それは最早《もはや》、理知的な災害と言ってもいい。

『タメ』の時間が存在したため単純な比較は出来ないが、ゼノやモントゥスが見せた以上の破壊力は、脅威というに他ならない。

「はーっはっは！　見事だナナミ！　それでこそ、このマルグレーテの勇者というものよ！」

気難しいマルグレーテが『自慢の勇者』と高らかに語ろうというものだ。

これほどの破壊力を、意識の外から放たれれば為《な》す術《すべ》もないだろう。それをなんとか出来るとすればこちらも『勇者』の存在以外にはない。

軽やかに、スカートを押さえて着地する七海《ななみ》。『威嚇』には豪華《ごうか》がすぎる一撃であったが――これほどの攻撃を放って、顔色一つ変えていないのは、彼女が持つ力の大きさを如実《にょじつ》に表していた。

だがそれよりもリーゼが驚いたのは、今の一閃《いっせん》を目《ま》の当《あ》たりにして、賊が一人も減っていなかったことだ。

……七海が初撃を敢えて外したのは明らかだった。しかしその歴然たる力の差は確かに存在するものだ。だというのに逃げ出さないということは、賊が命を捨ててこの場に挑んでいるということである。

大地に刻まれた破壊の跡を飛び越えて、賊が迫る。七海が顔を歪《ゆが》めたのを、リーゼは真剣な眼差《まなざ》しで見つめていた。

「……まだ来るんだ。これ以上やる意味はないと思うけどなぁ」

大剣を突きつけて、七海は布を巻いて面相を隠した賊達を睨《にら》みつける。

吹き荒れる魔力の強さに、賊達は怯《ひる》んだが——言葉を発さぬままに、武器を構えた。

やはり、退《ひ》く気はないというわけだ。

小さくため息を吐き出して、七海は賊へと向けて踏み込んだ。まさに、眼《め》にもとまらぬ爆発的な加速で賊へと迫ると、七海はその内の一人へ剣の柄を叩き込む。

「がはっ……！」

吐息に苦悶《くもん》を混じらせて、賊の一人が崩れ落ちる。

それが、幕開けとなった。賊が一斉に七海へと殺到する——一糸乱れぬ統率を持ちながらも、魔力によって強化された超人じみた動きは、地球にいた頃の七海が見ればまるでサーカスのようだとでも思っただろう。

だが今、勇者の力を身に着けた七海やゼノにとって、この程度はスローモーションに過ぎない。

二十近くにも及ぶ統率の取れた動きを、七海は最小限の動きで避け、そして反撃を打ち込んでいく。

——手練れの集団が、まるで子供扱いだ。

七海は迫る刃《やいば》をひらりと舞うように躱《かわ》し、大剣の背を、柄を。時には爆裂する光弾を投げつけ、敵の戦闘力を奪っていった。

戦闘のプロでさえ、文字通りに指一本触れることさえ叶《かな》わない。勇者の戦闘能力に、リーゼは唾を飲む。

――七海は、こちらの世界に来るまで何らかの戦闘技術を修めていたわけではなかった。およそ武道と呼べるものは授業で軽く触れた程度、強いて言えばダンスを真面目に学んでいたので体の動かし方には慣れているといった程度だろうか。

にもかかわらず、戦闘のプロと言える者達の集団が、まるで掃いて捨てるように片付けられていく――

圧倒的な技術の差を覆《くつがえ》してこの結果を生み出したのは、ひとえに七海の勇者としての力量を表していた。

暗殺者達の戦闘技術は一流だ。最適化された動きにフェイントを交ぜ、合理と心理で敵の命を刈り取る技術が彼らにはある。

だが、七海にとってそれらの動きは焦《じ》れったささえ覚えるほどのスローモーションに過ぎなかった。高速かつ連続で行えば誤ることもあるという単純な計算を、たっぷりと時間を掛けて解くようなものだ。

ダンスによって培《つちか》われた体幹によって披露される『正解』の動きは、正しく舞うようであった。

一方で、暗殺者達に見える光景は真逆である。魔力を纏《まと》い光の帯と化した超高速の何かが自分達の間を縫うように動き、的確にダメージを与えていく。

視認さえ出来ないスピード——答えどころか式さえも分からない計算に対しての『最適』などあり得るはずもなく、培ったフェイントの技術など挟むヒマもない攻防、いいや一方的な攻めが展開されている。

その差は、陳腐な『大人と子供』という表現以上に圧倒的なものだった。

……最初からわかっていたことだ。そもそも、文字通りに次元が違う。このパルサージュにおいて、勇者は紛れもない最強の戦力だ。

……だからこそ。リーゼは、眼を細めた。

「無駄だよ！　貴方《あなた》達じゃ私には勝てない！」

圧倒的な力で賊を散らし、剣先を向け、高らかに宣言する。

……本来ならば、必要がない行動を敢《あ》えて七海は行った。

再び光を湛え始める剣に、賊がどよめく。

「なんて強さだ、鬼《オーガ》か……!?」

「そんなものではない！　これではまるで、伝説の悪神の如《ごと》きではないか！」

散々な言いように腹を立てる七海。

女の子を捕まえて、鬼だの悪神だの、失礼がすぎる。

……だが、これは望んだことでもあった。恐れられる必要が、七海にはあったのだ。

「しかし、退けん……我らには、後退の道はないのだ……！」

この展開を、避けるために。

音を立てるほど、七海は歯を噛《か》んだ。これ以上は、手加減が出来ないからだ。

「……っ」

当然、当たり前に。七海は平和な日本からやって来た普通の女子高生だ。

それなりに勉強が出来て、オシャレもして、適度に体作りも頑張って――戦いなんて無縁の、普通の女の子である。

相手を傷つけるだけでも、気分が悪い。強烈な忌避感を抑えて、それでもゼリーでも摘《つ》まむ様な気持ちで手加減をしたというのに。

全ては、命を狙う賊さえも殺したくなかったから。

これ以上は確実に、その選択を選ばざるをえなくなるだろう。

圧倒的な力を見せつけているというのに、選択を迫られているのは七海の方だった。

……あるいは、圧倒的な差があるが故に賊達は選択肢を持つことが出来なかったのかもしれないが。

なんとも――気に食わないハナシだ。

「ゼノ……？」

怒りさえも滲《にじ》ませて前へと足を踏み出したのは、成り行きを見守っていたゼノだ。

今までは夢に揺蕩《たゆた》う様に耽美《たんび》な、あるいは優しさからくる笑顔か。その二種類を主な表情としていたゼノの顔に初めて浮かぶ怒りを見て、リーゼは本能的に身を退けた。

「もう一人の勇者が……！」

「くっ……！　今更顔を出してくるというのか！」

決定的な結末へと戦局が向かおうとしている中、姿を現したゼノへと苦し紛れの非難が集中する。

『美味《おい》しいところ』でも取ろうとしに来たか？　いいや、そんなはずはない。

「何もわからないくせに……！」

喧々囂々《けんけんごうごう》。勇者の恥さらし、とまでゼノを揶揄《やゆ》する賊の声を聞き、優しさ故に戸惑っていた七海の顔に憤怒《ふんぬ》が浮かぶ。

だがゼノがその様なヤジを気にするはずもない。『イロモノ』としてこの世に生を受けた堕天使にとって、それは常に傍《かたわ》らにあるものだった。

そんな固定観念を、覆してきたのが彼という存在だ。

七海を手で制すると、ゼノは賊達を強い意志を込めて睨みつける。

七海以上の圧倒的な存在感と、威嚇的に眼を鋭く彩《いろど》るメイクに、賊達がどよめいた。

気圧《けお》され、自然と後ろへ足を運ぶ賊達を見据え、ゼノは――その肩から下げた楽器へと、手を這《は》わす。

アンプもないというのに、そのギターは異様なまでに大きな音を響かせた。

それはまるで竜の咆哮《ほうこう》をも思わせ、斧《おの》にも見えるような楽器は賊達を慄《おのの》かせたが、これは威嚇ではない。

「い、いきなりなんだっ⁉」

「ゼノ……⁉」

草原に轟《とどろ》いたその響きは、言葉を超越した、ゼノの『声』だった。

……ゼノは、まだこちらの世界へ来て日が浅い。ある程度の道徳の共有と、似た娯楽の傾向を共有している事がわかりつつも、パルサージュの文化にはまだ疎《うと》い。

故に今、賊へと語りかけようとしている情緒を上手《うま》く伝える詩を持たなかった。

だからこそ――ゼノはギターを爪弾く。

エネルギッシュな唸《うな》りが草原へと響き渡り、しかしそれは郷愁という巨大な感情となって賊の身体《からだ》を貫いていく。

驚くべき事に、ゼノが奏《かな》でるその曲は、出身も人生も異なるこの場の全員に同じ感情を思い出させた。

故郷への想《おも》い。それを自ら捨ててきた者にさえ、ゼノが弾く旋律は還《かえ》るべき場所への欲を無性に掻《か》き立《た》てる。

地球とパルサージュとは、似た価値観を持つ。地球での悪徳はパルサージュでの悪徳であり、逆もまた然《しか》り。

ならばこちらの人々にとっても——愛は尊く、故郷は愛《いと》おしい。

一曲、というには少し短い時間を経て、曲が終わりを迎える頃には、賊達は涙さえ流していた。

「故郷へ帰るがいい。あるいは、帰る場所を作るがいい。そこで待つ人がいる、そこで誰かを待つことが出来る。それ以上に素晴らしいことなど、ないのだから」

最後の一音を響き渡らせて、音が草原に染《し》み込んで消える頃。ゼノは力強くも静かに、賊達へと語りかける。

それが決定的な一言となり——賊達は次々に武器を取り落としていった。

「だ、だが……俺には帰る場所がない……」

「……あのお方が、我らを許すはずがない。そうでなければ、こんな無謀なことなどするものか……」

それでも、一部の者達はまだためらいを捨てきれずにいた。

帰る場所がない、いいや、この襲撃を企てた者が自分達を許すはずがない。

数多《あまた》の理由に縛られて、この者達はここにいる。誰だって、命を捨てる事にためらいがないはずはない。

それはゼノの言葉を否定しつつも、救いを求めて手を伸ばすものだった。

「創ればいい。どこか遠くへ逃げ延びて、穏やかに時を過ごせばいい。冠の輝きに眼を眩《くら》ませた者に、足元を見る余裕などないのだから」

ゼノは、それを払わない。その手を取るためにこそ、ここにいる。

「オレ達が、そんな者を王にはさせない。隠れ、生きて、必ず訪れる雲の切れ間を待つ。それが、これからのキミ達の戦いだ」

何の根拠もない、無責任にさえ聞こえる言葉。

理論的ではないその呼びかけは、空虚にさえ聞こえ、届かない――本来ならば、そういうこともあるだろう。

しかしそうはならなかった。呼びかけるのではなく、ゼノは寄り添い、囁《ささや》く。あらゆる障害をするりと抜け、距離をなくし、直接言葉を届けてしまう。

徹底的に磨き抜かれた『真《まこと》』であるが故に。それが、ゼノという男の『声』だった。

「そうして――いつか、キミ達が他の誰かの居場所となることを、オレは望む」

「……」

気がつけば、武器を持つ者はいなかった。

感涙し、咽《むせ》ぶ声だけが聞こえる。命を捨てるためだけの戦いから解放され、力なく膝をつく人々のそれは、神に縋《すが》る信徒のようだ。

「貴方のお名前を……お聞かせいただけないだろうか……」

誰ともなく、信徒の誰かが呟《つぶや》いた。

祈る神の名を、識《し》りたいと願った。

「『神界《パライソ》』より堕《お》ちた『救済の黒天使《ブラックダイヤ》』――名を、ゼノ」

「ゼノ……」

「ゼノ様か……」

気がつけば、この草原には異様な『場』が形成されていた。

捨てるはずの命を再び握った人々は、それを離さぬようにと手を堅く組み合わせた。

救いを齎《もたら》した、黒き勇者に祈るように。

先程まで命を狙っていた者に縋り、請《こ》い願う。争いを捨て去り、生きることを誓って。

……なんだこれは？　リーゼとマルグレーテは状況についていけず、ただ呆《ほう》ける他なかった。

あまりにも不条理な光景に、立ち尽くすしかない二人。

なんと不条理なことだろう。勇者には遠く及ばないとは言え、研鑽《けんさん》を積んだ二人の目にも、暗殺者達は手練《てだ》れであると映った。

手練れを、二十人近くも。女神の偉業を模した『双翼の儀式』において、『勇者』以外に戦力を使用するのは禁止されている。これほどの人数の手練れを密《ひそ》かに用意するまでには、褒められこそしないものの並々ならぬ努力があったはずだ。

おそらくは甘さに付け込んで傷の一つでも付けられれば上等、くらいの思惑だったろうが——それがこんなにもよくわからない内にご破算にされてしまうなんて。

「わけがわからん……」

思わず呟いたマルグレーテに、リーゼは心底同意した。

ある意味で、マルグレーテのそれは差し迫っていると言えるだろう。

視線の先には、目を輝かせて手を組み、祈る七海《ななみ》の姿がある。もしも自分の勇者があんな風だったら、リーゼはきっと気が気じゃなかっただろう。

敵となりうる者も、敵であった者さえも信徒にしてしまう力。救いを求める手を受け入れるように静かに音を広げるゼノ。

——ゼノが敵でなくて良かった。リーゼはその幸運をしっかりと噛みしめるのであった。

第六章　伝説

賊の襲撃を乗り越え、暫《しばら》くして。馬車は目的地であったアウレアの街へ到着していた。

『いいか、ここからはお前達とは敵同士だ！　せいぜいわたしとナナミに会わない事を祈るがいい！』

『名残惜しいけど一旦お別れですね！　ずっと応援してます、ゼノ様……！』

真反対の事を言う七海・マルグレーテのコンビと別れて暫く。

今は宿の手配を終え、小さな荷物をようやく降ろしたところだ。

「はあ……とりあえず、一息ですね」

ようやく一息を吐《つ》き、じっくりと宿の個室を見回す。

取った部屋は自分が生まれ育った部屋よりも大分小さく、最低限備え付けられた家具は装飾もなくて、粗雑だ。

そんな宿の簡素な部屋に、リーゼは可愛《かわい》らしい小さな達成感を覚えていた。

初めて見る外の世界、そこで初めて身を寄せられる安息に、ふんすと息を吐き出す。

浮つく心を押さえつけるように椅子にちょこんと座ったリーゼは、この旅路での相棒となる黒い勇者の姿に視線を移した。

「……」

ゼノは窓枠へと腰掛けるようにして外の街並みを見つめている。

その表情はあまり変わらずとも、見てわかるほどの興味を湛《たた》えていた。

「面白いですか？」

「とても」

言葉少なに交わされるやり取りだが、リーゼにもその気持ちはよくわかった。

二人共、こうした街並みを見ること自体は初めてではない。しかしゼノは遠く離れた異世界の地を、リーゼは初めて歩み出す外の世界を。二人共、初めてそのセカイに身を置いていることに心を動かしていた。

石造りを基本とした『ファンタジー』の街並み。イメージづくりのためにゼノは海外のこうした場所を見たことがある。

だが似ているにも拘わらず、人々の服装や、建築の基本など——少しずつが幾つも違ったその空間に、ゼノはここが地球とはまるで違う歴史を歩んだ場所であることを実感していた。

よくよく考えれば、ここはゼノが夢見た『争いのないセカイ』に限りなく近い場所ということになる。

世界の存続を担保にして『世界の王』が存在する世界。

それは思うほどに単純ではなく、幾つもの奇跡の上に成り立っているものだろう――それでも、この街並みはゼノの知る世界と大差はないように見えた。

少なくとも、人々はその営みを謳歌《おうか》している。人通りはまばらながらも活気に溢《あふ》れた街を見て、ゼノはそう思う。

完全に争いがないわけではない。このグランハルトが世界を先導する権利を得る代わりに、リーゼ達がその争いを肩代わりしていると考えてもいいかもしれない。

だが少し見た限りでは、地球のように国と国、世界中が巻き込まれ無辜《むこ》の民が数多く喪《うしな》われるような戦争は永く起きていないようだ。

その成り立ちの『奇跡』に僅かな違和感を覚えつつも、街並みを見るゼノの表情は慈愛に満ちている。

何故《なぜ》、この世界はそうあることが出来るのか。それを紐解《ひもと》くことは『救い』というゼノの願いを現実のものとするヒントになるかもしれない――

「なあ」

「……？　なんですか？」

珍しくゼノの方から語りかけてきたことでリーゼは虚を衝《つ》かれ、弛緩《しかん》した表情を見せる。

信頼関係を築くべきではあるが、まだ距離を詰めきれていない。焦《あせ》りと言うには大仰だが、そんな使命感を持つリーゼはその呼びかけを嬉《うれ》しく感じてしまい、何故だか無性に悔しくなった。

「文字の勉強と並行して、良ければこの世界の歴史について教えてくれないか。イヤ、神話……か」

「神話ですか？」

だがその申し出は、それよりももう少し嬉しいものだった。

『神樹の女神』の伝説は、この世界に住まう人々にとって特別なものだ。それによって平和が保たれてきたのは事実だし、グランハルトの王族は特に使命と恩恵を受けてきたため、その信仰も一入《ひとしお》である。

リーゼも、儀式における競争の部分は否定的に思いつつも、女神は熱心に信仰してきた。『家族』で唯一の味方であったグランハルト王が信ずる存在として、時には物語の主人公として、女神の伝説は常にリーゼの傍《そば》にあったものだ。

これから信頼関係を築こうとしている相手が、それに興味を持ってくれるというのは取っ掛かりを示されたようで、素直に嬉しく思う。

「興味を持ってくださるというのは嬉しいことですが、ゼノ自身の信仰は大丈夫なのですか？」

一気に距離を詰めることはせず、リーゼは一つ石を置いた。

この世界において、信教は特別だ。『女神』の教えが絶対のものとして存在し、それ以外のものは異端として扱われる。

神樹教は絶対の存在であるが故にそれらを歯牙《しが》にもかけていないが、初めから劣勢であるそれら異端の宗教は、女神の教えとは反する理《ことわり》を認めさせようと必死になることがしばしばある。

それこそ、女神の教えを邪悪なものとして異様に忌避する事が――

リーゼがゼノに聞いたのは、配慮からのものであり、そして拒絶を恐れるが故の確認であった。

「信仰か。……オレは、特定の信仰は持たない。誰かに信じられるオレが信ずるモノは絶対のモノであるべきだ。だからオレは、オレを信仰しているよ」

……返ってきたのは、ナナメ上の答えであったが。

相変わらずキザったらしいセリフにリーゼは呆《あき》れを浮かべてから、それならばまあ大丈夫かと息を吐《つ》いた。

「まあ、だったらいいでしょう。今日はもう予定もありませんし、なるべく時系列にそってまずは基礎的な部分を教えてあげます」

「ありがとう」

得意になり、胸を張る。好きなものに饒舌《じょうぜつ》になる、年頃の子供らしい姿にゼノは微笑《ほほえ》ましい気持ちを抱く。

……実際には、リーゼは十六歳。ゼノは彼女を中学生くらいだと思っているので、想像よりは実年齢が高いのだが。それに触れなかったのは正解だろう。幼気《いたいけ》な外見は、彼女のコンプレックスなのだから。

それはさておき。リーゼは吟じる様に楽しげに語り始めた。

その伝説は、この様なものだ。

——かつてこの世界は、六柱の悪神が治めていた。悪神達はその支配を広げようと自身の治める国の民を争わせ続ける、戦乱の時代が続いていた。

だがある時、女神がこの地に降り立った。女神はたった一人の勇者を連れて、悪神達を征伐していった。

やがて悪神の全てを打倒した女神は最後にこのグランハルトの地へとたどり着き、その身を神樹と化す。

神樹は世界へと活力を与え、争いによって汚《けが》された地を浄化する。やがて世界に再び豊《ほう》穣《じょう》が齎《もたら》されると、神樹の女神はその身から六つの枝を分かち、世界の各地に埋めるよう、己の血を引くグランハルトの王族に命じた。

こうして、女神は世界の各地からその平和を見守り、豊穣を与えるようになった。

完全なる眠りに就く前に、女神は王族に言い残す。

「年が三十回るたび、異界より勇者を召喚し、私と小さな私に祈りを捧《ささ》げて回れ。されば私は疲弊した我が身を癒やし、世界に命を回し続けよう。多くの子を生《な》し、どうかこれを遂げてほしい。救ったこの世界が永久に繁栄を続けることを祈って。小さな私の印を集め、最も早く私に祈った者に栄光を与える――」

これがこの世界、パルサージュの成り立ちであり、『双翼の儀式』の始まりである。

「……と、まあ一番大切な部分はこの様なものです。以降、私達グランハルトの王族は言いつけ通りに儀式を行い、この世界に豊穣を齎す女神の疲れを癒やしていると言います」

得意げに語り終えたリーゼは、わざとらしく息を吐いた。

ゼノは素直に感心し、軽く数度手を叩《たた》く。

「なるほど、ありがとう。興味深いハナシだった」

投げやりにも見える態度だが、ゼノは意図通りに感心を伝えていた。
それが何故だか誇らしくて、リーゼは嬉しくなる。
実際に、生徒としてのゼノは非常に熱心であった。
聞いたことに思い巡らせ、情景までも浮かべて考える。
六柱の悪神。争いの時代。そして、そこに平和を齎した女神。
神話が儀式として現代まで姿を伝える。まさにファンタジーの世界だ。
実に、心が躍る。
幾つか気になることもあったが――
しかし、今はゼノにとってそれらはどうでもいい事だった。
傍《かたわ》らに置いていたギターを肩に掛けて、ゼノは立ち上がり、ドアへと向かった。
「……⁉ どこへ行くんですか⁉」
唐突な行動に、驚愕《きょうがく》するリーゼ。
『儀式』はもう始まっているのだ、突然一人にされるなどたまったものではない。
「インスピレーションを感じた。外に演奏をしに行く」
それが当然の現象であるかのように、ゼノは告げる。
既に彼の中ではそれは『決定事項』であるようだ。

儀式が始まっている以上、不用意な行動は避けて欲しいリーゼだったが、彼がこうなったらてこでも動かないという確信がある。

『いいか、ここからはお前達とは敵同士だ！』

……街に着いてすぐに別れたマルグレーテの言葉である。

その勇者である七海《ななみ》があの性格である以上、突然の強襲や騙《だま》し討ちといった可能性は考えづらいが、それでも他の参加者がいる内に隙を晒《さら》すのはやめてほしかった。

だがそれ以上に――

「絶対はぐれるでしょう⁉　せめて、一緒に行動しようとしてください……！」

方向オンチのゼノを一人、見知らぬ街に解き放つ、それをリーゼは恐れた。

やたらと自信満々なゼノは方向オンチを指摘されたことで一瞬だけ嫌そうな表情を浮かべたが、聴衆が一人増えること自体は喜ばしいことだ。

小さな歩幅で近寄るリーゼを少しだけ待ってから、ゼノは扉を開いた。

◆

「……」

目立っている。宿を出て歩くリーゼは、周囲から集まる視線に居心地の悪さを感じ、ゼノに恨みがましい視線を向けた。

異様のメイクを施した、黒衣の男。それによく見れば絶世の美男子とあれば人の目を集めてしまうのも当然だろう。

コートのポケットに手を突っ込んで歩くその姿は寧《むし》ろ進んで人の目を集めているようであり、対人スキルを磨いてこなかったリーゼには集まる視線自体がむず痒《がゆ》く感じてしまう。

「おい、あれ――」

「『双翼の勇者』様じゃないか?」

「王族のかただ……」

だが、リーゼの考えに反して、視線を集めているのはゼノだけではなかった。

彼をヒトだと知らなければ異形にも見えるその風体は、地味ながらもひと目で良《い》いものと分かるドレスを纏《まと》ったリーゼと併せて考えれば『双翼の勇者』の二人とすぐ分かるものであった。

儀式が決まった周期で行われることもあり、人々はあの二人が今期の勇者かと興味を向けるのも当たり前だ。

声を潜めた街の人々の言葉が届かぬリーゼは、それに気がつかない。

幸いと言うべきか、危険を顧みず世界に豊穣を齎す儀式を行うグランハルト王族と、彼らの呼びかけに応じてパルサージュを救うために異界の地より訪れた勇者は信仰の対象である。その視線は好意的であり、リーゼに小恥ずかしさ以外の感情を与えることはなかった。

それにしても、驚くべきはゼノのその堂々たる姿である。明らかに視線を集めているにも拘わらず、それを意識する様子さえ見せないのは流石《さすが》だ。

彼にとって衆目は日常であり、寧ろそれがない方がオフの日などの『非日常』であったのだから当然と言えば当然なのだが、とても自分には真似《まね》出来ないとリーゼは思う。

「この辺りでいいか」

そうして気に留めた風もなく練り歩くゼノはやがて街の広場を見つけた。

足を止める勇者の姿に、街の人々も更なる興味を向ける。

「（うう、本当にやるんだ……み、皆見てる……！）」

自分よりもゼノに視線が集まっていることを自覚しながら、リーゼは何故だか無性に恥ずかしくなった。

集まるのが奇異の視線とあれば、それも無理からぬことではあるが――

適度に視線を集めた所で、ゼノは大きくギターの弦《げん》を弾いた。

蛇が唸《うな》る、いや、竜が雄叫《おたけ》びを上げるような音に、視線の色が一気に変わる。

得体の知れない音に一気に警戒を深める街の人々だが、ゼノの指が蠱惑《こわく》的に躍り、音を曲へと変えると、その認識を一気に改めた。

娯楽に慣れた王族でさえ魅了する、活力に満《み》ち溢《あふ》れた旋律。それは道を行く人々の足を縫い止め、ゼノ達を観察していた視線を抱きとめる。

興奮混じりの困惑が、場を支配する。熱の籠もった視線を一身に抱きとめ、ゼノはアウレアの街の人々へと向け『神託』を授けた。

「ようこそ――今日という『ハジマリ』へ。オレの名はゼノ。今日はキミ達に、新しい時代の幕開けを告げに来た――」

邪悪にさえ見える異様な風体のゼノが告げる、要領を得ない言葉に、街の人々は困惑する。

だが同時に、得体の知れない『熱』が立ち込めていった。

惑う街の人々の反応を目に、ゼノは満足げに不敵な笑みを浮かべる。

そしてゼノは、場が温まったのを感じ取ると、音楽と共にその歌声を――勇者を連れた王女の詩を増幅させた。

ゼノがまだこの世界の神話に深い造詣《ぞうけい》を得られていないが故に飽くまでも、それは『勇者と王女の物語』である。だが絶対の神話を下敷きにしたその歌は容易に『双翼の勇者』

を想起させ、『免疫』がない人々の心を一気に魅了した。

気難しい王族に、命を賭《と》した暗殺者に、敵同士であることさえも忘れさせる歌声が娯楽慣れしていない人々を魅了するなど、あまりにも容易《たやす》い。

ゼノの行動を咎《とが》めていたリーゼでさえ、その声には怒りを忘れた。

詩に合わさる曲。文字と共に過ごしていたリーゼに、それ以上の圧倒的な情景を思い起こさせるその歌は、乾いた大地に注ぐ水のように染《し》み込んでいく――

気がつけば、広場には多くの人が集っていた。暗殺などするには絶好の機会だろうが、ゼノの歌声は千載一遇の機会でさえ演奏の後に回させるだろう。

ゼノの傍らで、一つに混じり合っていく聴衆を見つめるリーゼは、いつの間にかその最前列に七海がいるのを見つけた。

「ゼノ様～ッ！　一生推しですぅ～！」

光の棒を両手に持って振り回しながら、号泣している。

何らかの儀式か攻撃を疑うような奇行だが、リーゼは七海の表情で、その可能性を考えもしなかった。

二度と見ることはないと思っていたゼノのライブだ。無理もないという考え方もあるが――

……正直、リーゼには得体が知れずだいぶ気色が悪かった。無理やり連れてこられたであろう隣のマルグレーテを不憫《ふびん》に思う。

だがそれほどの存在であると理解させるには十分の演奏だ。……やがてそれが終わりを迎えるのが、哀《かな》しくなるほどに。

弾《はじ》けるような汗を飛ばして、ゼノは演奏を終えた。

そして、ゼノはリーゼへと手を差し伸べる。聴衆が、その様を固唾を呑《の》んで見守っていた。

わけが分からぬままに、しかし確実に熱に浮かされながらリーゼがその手を取ると、ゼノは手を広げて観客達の存在を指し示してゆき——広場に万雷が降り注ぐかの如《ごと》き歓声が満ち溢れた。

圧倒的な『熱』が、リーゼを包み込む。

なんだ？　これは。

理解が出来ぬままに、ただ自分が紅潮していることだけを自覚する。

リーゼが驚きをその小さな顔に浮かべると、漆黒の堕天使は汗を滴《したた》らせながら、微笑《ほほえ》みを浮かべる。

「これが、キミの目の前にあるものだ——リーゼ」

ゼノの言葉は、たったそれだけでリーゼに数多《あまた》の道と、その先を示した。

願わくば、自分と同じ道を見据えて欲しいというゼノの願いも——

『宿題』にはまだ答えられていない。

一見冷めたようにも見える男が見せる、熱い思い。それは宿題の答えを出す上で、大いなるヒントになることをリーゼは感じていた。

「みんなありがとう。どうか、オレ達を応援していて欲しい——！」

『力』以上に自らの培《つちか》ってきたモノで特別たり得たゼノの姿は、憧れに足るものであった。

その言葉で一気に観客の心を掴《つか》んだゼノに、天まで割ろうというほどの拍手が注がれるのだった。

幕間《まくあい》　ひとときの休息

「……」

ひたり、と。耳を澄まさなければ聞こえない、小さな足音を立てて、少女が一歩を踏み出した。

恐る恐るといった様子で前へと差し出される足は靴も、靴下さえ纏っておらず、その細く華奢《きゃしゃ》な指が床の冷たさを小さく掻《か》く。

よく見れば少女の身体《からだ》には一糸として衣服の類は身につけられていない。

身を守るように抱くタオルで、織物《おりもの》の糸の様な美しい銀髪で、慎《つつ》ましくも艶やかな身体を隠している――

「……思ったより大きいですね」

思わず、といった様子で、リーゼは感心を口にした。

戸惑いがちに歩みを進め、そして手を触れる。

沈み込むように水面へと触れた指が飲み込まれ、小さな水音を立てた。

湯は温かく、非常にちょうどいい加減だ。ぬるさを危惧していたリーゼの表情が無邪気に綻んだ。

桶《おけ》で湯をかけてから、身体を湯へと沈めていく。染み込むような熱さが、袋を絞るようにリーゼから吐息を吐き出させた。

「はあ～……きもちい……」

表情を弛緩《しかん》させて、リーゼは恍惚《こうこつ》の表情を浮かべる。

一日の疲れを洗い流す入浴。それはリーゼが好みとするものの一つであり、日課の一つであった。

「城を出て、こんなにちゃんとした入浴が出来るとは思わなかったな……」

湯を掬《すく》いながら、上機嫌で口にするのは嬉《うれ》しい誤算だ。

この世界、パルサージュは衛生への意識が高い。

清潔さによって健康を保つという考えが一般的に普及しているため、入浴は非常にポピュラーな習慣の一つだ。

重要な儀式を担《にな》う王族は特に健康の維持に対する意識は高い。そのため王城の浴室は立派で、入浴を一つの趣味とするリーゼにとって、入浴設備の差は心配の一つであった。

宿泊施設の浴場は派手な装飾さえないものの、温度はちょうどよく保たれており、湯も清浄だ。簡素な作りはかえって味の一つとも捉えられ、リーゼにとってはこれも旅の始まりを感じさせる充足感となっていた。

侍女のいないたった一人の浴室は、まだ何もしていないのに、まるで何かを一つやり遂げたような不思議な達成感をリーゼに味わわせる。

湯を馴染《なじ》ませるように腕を軽く撫《な》でると、すべすべとした感覚が心地よい。

誰もいないのが小気味よくて、リーゼは上機嫌から無意識に鼻歌を唄う。

自然と紡《つむ》がれるメロディは、先程ゼノが歌った曲であった。

それに気がつけばリーゼは自分でもわけのわからない敗北感を覚えたのだろうが、湯と曲の心地よさでそれに気がつくことはなかったのは幸運と言えるだろう。

だがそれも、些細《ささい》なことかもしれない――たった今、浴場の入り口から現れた人物を考えれば。

「今の曲……あ、やっぱリーゼちゃんだ！　やほ～」

「……なんだ、結局お前も同じ宿か……」

「……っ！」

耐水加工が施された木製のドアを開いて現れたのは、マルグレーテと七海《ななみ》のコンビであった。敵同士だと言って街の入口で離れたマルグレーテだが、結局は同じ宿を取ってしまっていたらしい――

勇者であるゼノを連れず『敵』と出会ってしまう。絶望的な状況に、リーゼは反射的にタオルを押さえて立ち上がった。

硬直した身体が、気分と一緒に一気に冷めていく。

「わ、わ、ちょっと待って！　今戦うつもりはないからっ！」

すっかりと怯《おび》えきった小柄な少女をあやすように、七海が制止した。

……皮肉な事に、勇者との力の差が、その行動に説得力をもたせた。

油断させてから仕留めよう、などという考えさえも、その力の差の前には無意味だからだ。リーゼ自身、魔術師としての技量にはそれなりの自信があるし、それは決して自惚《うぬぼ》れではない。それでも七海がその気ならば、特に難しいことを考えることもなく、リーゼを縊《くび》り殺す程度は児戯にも等しいと言える。

そんな七海が戦うことを否定するというのは、十分に安心の材料の一つとなっていた。

あとは、そのパートナーであるマルグレーテの出方だが――

「くくっ、小動物の様に怯えやがって。……心配せんでも、ここでやり合うつもりはない。『無辜《むこ》の民を巻き込むことなかれ』、だ。七海の力を使えば、ここら一帯も無事じゃ済まないからな」

愉快そうに語る。嗜虐《しぎゃく》的な笑みを浮かべるマルグレーテだが、しかしその言動は、リーゼをまた一つ危険から遠ざけるものとなった。

実際、双翼の儀式における規定にも極力民を脅《おびや》かすことのないように、という項は存在する。とは言っても形振《なりふ》り構わない者もいるというのが実情であったが、この場に現れたのが傲慢でありながらも自らの力を示すことを目的とする――ルールを守ることに意味を見出《みいだ》すマルグレーテであったことこそが、この場におけるリーゼの最も大きな幸運であったと言えるだろう。

「ね？　マルちゃんもこの通りだし、私としてもリーゼちゃん達とは戦いたくないかな」

「それは……実にありがたいお話です」

二人の反応を見て、リーゼは心中で胸を撫で下《お》ろしつつも、慎重にそう返す。

とはいえ対人経験の薄いリーゼの姿は、今や人馴《ひとな》れしていない小動物の如きものであったのだが――それを口に出さないまま、七海は困ったように笑みを一つ零《こぼ》した。

「しかし、こんな所まで一緒だなんてな。あんまり気分のいいもんじゃないが、仕方がないか」

まあそれはそれとして、マルグレーテはリーゼにとって好ましい来客ではなかったが。

不敵な笑みを浮かべながらの嫌味に、リーゼはぴくりと眉を動かす。

リーゼにとって兄姉達の中ではマルグレーテはましな方だったが、それでも好きかどうかと問われればはっきりと否定が出てくるだろうという相手だ。

それは今の悪態なんかもそうだったし――粗雑で大雑把な立ち振る舞いもそうだった。

リーゼが顔を顰《しか》めたのは、マルグレーテが浴場に現れてすぐ湯船に入ろうとした事に対してだった。

「ちょっと待ってストップ！」

「ああ？」

しかし、それを七海が制止する。

「お風呂《ふろ》に入る前には体にお湯をかけましょう！　だよ」

意外な人物からの言葉に、リーゼはぽかんと口を開いた。

「なんでそんなことしなきゃならん。お湯に入れば同じだろ？」

「お城ではそれで良《い》いのかもだけど、こういう場所だとこの後も人が使うよね？　予《あらかじ》め体にお湯を掛けて、汚れを落としておかないとお湯が汚れちゃうよ。それに、急に体を温める前にまず少し慣らしておくと体に負担が少ないらしいよ。知らんけど」

「へえー……ナナミは博識だな」

リーゼが思い浮かべたのはナナミが語った言葉の前半部分だけだが、知識としては体への影響も読んだことがある。

マルグレーテが感心するのを見て、リーゼも七海に対して興味を惹《ひ》かれていた。

知識としては知っていたことでも、七海のそれは人に納得させる力があった。もしも自分がマルグレーテへと同じことを言っても、喧嘩《けんか》になるだけだろう。それをむしろ称賛の言葉まで引き出してみせる七海に、リーゼは尊敬の念を覚えた。

素直に言われた通りかけ湯をするマルグレーテ。七海はそれを笑顔で見守っていた。

「よ……っと。ふう、風呂はいいもんだな……」

「ほんとだねー……溶けちゃいそう～」

マルグレーテと隣同士で弛緩した表情を浮かべているところを見ると、能天気にさえ見えるのだが。

……生い立ちのせいで、リーゼは対する人物が敵であるかどうかを早期に判断してしまうクセがある。そのハードルは低く、一度そうだと認定したら中々評価を覆《くつがえ》しづらい一面もある。

それで言えば、七海は間違いなくリーゼの『敵』である。如何《いか》に物腰が柔らかくとも、そもそも立場上敵であると定義する他ないからだ。

だが――

「その……一つ聞いてもよろしいでしょうか」

「え？　私？　いいよ～」

不思議と、七海の前では緊張を保つことが出来ない。

これこそが、彼女がマルグレーテに懐《なつ》かれている理由なのかもしれないとリーゼは思う。

「ナナミさんの目から見て、ゼノはどういう人物だったのですか？」

「お、それ聞いてくれちゃう？」

ニヤリと笑う七海が、リーゼへと流し目を向ける。

ある意味では、まずいことを聞いたかもしれない。温かい湯に浸《つ》かっているというのに寒気を感じるリーゼ。

「お、お手柔らかにお願いします」

「あはは、冗談だよ。布教はゆっくりしないとね～」

しかし七海もその辺りは歴戦の猛者《もさ》である。自分の思いの丈という莫大《ばくだい》な情報量を出力しても、ある程度受け手が知識を持っていなければ、最適化されない情報の全てを受け入れる事は出来ないということを知っている。

それでもゼノを信奉するあまり暴走することもあるのだが――ゼノがいない時の七海は、理知的であると言えた。

「といっても、私が知ってるゼノ様って、リーゼちゃんが見たまんまのゼノ様だと思うよ？　ライブとかテレビで観《み》たままの、素敵なお姿だったし……」

「……観たまま、ですか」

「うん。いつでもクールで、自信満々で、どこか物憂《ものう》げな……『いつもの』ゼノ様ってカンジ。逆に何も変わらなすぎて最初マジでびっくりしたもん」

そんな七海から語られる『ゼノ像』は、リーゼの知る人物と同じだったらしい。

「私もこっち来てすぐは結構戸惑ったり、ナイーブになってたりしたからね。今は慣れたけど……来て一日二日ってゼノ様があんなに堂々としてたのはやっぱりスゴいな～って思ったよ。それくらい、今のゼノ様って私が知ってる通りだよ」

全ての生き物は、環境の変化に敏感であり、人間もその限りではない。

ましてて住む世界そのものが変わったとなれば、それなりのストレスは感じて当然だ。

「大物ですね、彼は」

「そりゃそうだよ。私のいた国だと知らない人はいないってくらいだったからね～」

その点で言えば、リーゼがゼノに抱いた「大物」という印象は、彼がどのような人間かも含めて正《まさ》しくといったところだろう。

しかし——国で知らない者はいない、とは凄《すさ》まじい話だ。

荒唐無稽な話ながらも、リーゼは勇者である七海がそれを話していること、そして何よりもゼノの立ち振る舞いによって七海の言葉を疑うことはなかった。

それほどの認知度を持つ者は、パルサージュにおいては王族かあるいは神樹の女神くらいなものだろう。

「それは国民の皆がナナミさんのような……？」

「あはは、流石《さすが》にそれはなかったけど、でもすごく多くの人に好かれてたと思うよ。私はかなり熱狂的な方かな」

ふと浮かんだ、恐ろしい考えを口にするリーゼだが、それは他ならぬ七海によって否定された。

おかしいという自覚はあるらしいことに驚きつつも、リーゼはほっとした。もしも狂気的なまでの信仰を見せる彼女のような人ばかりだったら、それこそそれはもはや信仰と言える。それを一身に受けるゼノは十分に神の領域だ。

「ちょっと安心しました。……でも、なんというかナナミさんが特に熱心というのは意外ですね。こうして話していると、ナナミさんはとても知性的というか、落ち着いた印象を受けるのですが」

「ほう、ナナミの知性を見抜くとは、お前もそこそこ人を見る目はあるらしいな」

とすると、またゼノという男の事がよくわからなくなってくる。

リーゼは最初の邂逅《かいこう》が印象深かったために誤解していたが、七海《ななみ》は柔和な空気を纏《まと》いながらも知的で——それを鼻にかけるようなこともなく、人当たりがいい。

ライバルとなるマルグレーテの呼び出した勇者という立場がなければ、あるいは自分が参加者でなければ、リーゼは七海に対して憧れに近い感情を覚えていただろうと思う。

「えー、そうかな？　まあ私、ちょっと前まではすごい静かで目立たない子だったから、落ち着いた風に見えるならその時の名残なのかな」

「む、そうなのか？　今のナナミからは想像も出来ないが……」

何気なく返された七海の言葉に、マルグレーテが興味を示す。

「確かに……にわかには信じがたいですね」

リーゼから見る七海は、非常に社交的という印象だった。

静かで目立たないという言葉とはとても結びつかない現在の七海の姿を改めて、疑う様に睨《ね》めつける。

（……少なくとも、目立たないということはなさそうですが）

「？」

ぱっちりとした瞳、整った顔立ち。何よりも、健康的に引き締まった肢体を持ちつつも、つい目を引かれてしまう豊かな膨らみを持つ抜群のプロポーション――美的感覚がパルサージュと同じとは限らない、そうは思いつつもリーゼから見る七海は、絶世の美少女だ。

特に、湯浴《ゆあ》みで艶やかになった肌なんかは同性でも意識してしまう。

恐らくは同じくらいの年齢のはずなのにどうして？　リーゼは、自分の体を七海と見比べて、その不平等を嘆いた。

羨ましいというわけではない、ただ不平を感じる――そうは思いつつも無意識にじっとりとした熱を持つリーゼの視線を受けて、七海は感じる〝圧〟に首を傾《かし》げた。

気を取り直して、掬《すく》った湯を肌へ馴染《なじ》ませる七海は、昔を懐かしむように語る。

「でも、そう言ってくれるってことは、それだけ私も変わったってことかな？　ホントに、昔はとにかく自信がなくってさ。誰かとただ話してるだけなのにウザいって思われてたらどうしよう、とか考えちゃっていつもビクビクしてたんだよね」

常に誰かの顔色を窺《うかが》って、極力誰かと接するのを避け、それでも会話の必要があれば嫌われないよう言葉を選びながら「正解」を探す。七海の言葉は、リーゼにとっても覚えがあるものだった。

太陽のような輝きを持つ七海からは想像も出来ないが、少なくとも本人の言う通り、物静かな性格だったというのは事実なのかもしれない。

かつてのリーゼは兄弟姉妹と関わることをやめたが、七海は――

「でも今は違うのですね」

「うん、そう思う。前までの私がダメだったとは思わないけど、今はもっと自分を好きになれたと思うな」

はじめ、リーゼは七海のその輝きを天性のものだと思っていた。異界より勇者として喚《よ》ばれるに相応《ふさわ》しい、英雄の素質に恵まれているのだろうとも。

だが七海の言葉を信じるのならば、彼女は努力によって英雄の素質――カリスマ的な雰囲気を身につけたという。

「ナナミさんは、すごいですね。きっと、容易《たやす》いことではなかったでしょう」

「ふふ、あんがと」

素質自体は、間違いなくあったのだろう。だがそれを開花させたのは、他ならぬ七海の努力によるものだ。

立場上は敵となる七海に、リーゼは畏敬の念さえ抱いていた。

感服が表情に表れたリーゼを見て、マルグレーテが尊大に微笑《ほほえ》む。

……少しだけその態度が癪《しゃく》に障《さわ》ったリーゼだったが、七海のような人物であれば勇者ではなく、人間として誇らしく思う気持ちも分からないではなかった。

だとするとやっぱり、少し残念に思うのはゼノを前にした七海の狂気だ。

『狂信者《ファナティック》』を自称するほどのあのテンションは、どうしても戸惑ってしまう。あれさえなければ、ちょっと憧れもしたかもしれないのに。

「でもそれもこれも、ゼノ様のおかげなんだよね」

それがまた始まってしまった——そう思いかけるが、七海の様子がいつもと違うことに、リーゼは目を奪われた。

憧れを語る七海の優しく愛《いと》おしそうな表情は、リーゼと同じ年頃の少女のそれに見える。

「ゼノ様の歌って作詞も作曲もゼノ様が手掛けてるんだけど、ほとんどはさっきの『アルバトロス』みたいな、聞いてると勇気が出るような、誰かの力になるための歌なんだよね」

「ああ……それは、そうかもしれません」

無意識に天井を見上げるように、リーゼは想起する。

朝などにゼノを呼びに行くと、ゼノは大抵ギター——リーゼにとっては見たことのない禍々《まがまが》しい形状の楽器——を弾いている。

それは欠かすことのない彼の日課だが、彼の異様な風貌や楽器からは想像出来ない勇ましい旋律がほとんどだ。

あるいは、賊に聞かせたような郷愁のメロディ。恐ろしげだったり不徳であったりという曲をリーゼはまだ聴いたことがなかった。

「それって、ゼノ様が音楽で世界を救う、って活動してるからなんだって。そのために勇気が出るような歌を歌うし、常に歌を磨いてたからこそ、あそこまですごい歌と演奏が出来る」

ゼノが度々口にする『救い』。リーゼはそれがどのようなものかは、まだ具体的には知らなかった。

だが聞けば、なんと大きく不確かな夢なのだろう。

「音楽で世界を救うって？　本気で言ってるのか？」

思わず上ずった声を上げたのはマルグレーテだ。

自分もその様に思っていただろうと、リーゼは思う。だが――

「でも確かに、並の努力ではあんな歌は歌えないと思います」

「む……」

魂を揺さぶる叫びのような歌、そして体を突き動かすようなあの演奏。

それらが才能だけで生み出されるものとも思えなかった。

「まあマルちゃんの考えもわかるよ。昔の私は人と話すとかマジムリって思ってたし、そんな辛《つら》い思いをして無理して変わらなくってもいいやって考えてた。だけどゼノ様の歌を聞いて、すっごい感動してさ、マジで頑張ってみようって思ったんだよね。本当にすごい人が、本気でみんなを応援してくれるから、もうね、うわー！　ってなっちゃって」

衝動に突き動かされるように語る七海の言葉には身振りまでもが交じり、曖昧なものとなっていく。しかしそれと反して、熱を持つその言葉は真に迫っていた。

だがヒートアップしているのに気づいたのだろう、七海はたはは、と笑った。

「っとと、またやっちゃった。……ともかく、私はそんなふうだったけど、ゼノ様に勇気づけられたって人はめっちゃ多いよ。それこそ、命を救われたって思ってる人もいるみたい。まあそれは言いすぎに思えるかもしれないけど、私がゼノ様の言葉で力をもらえたのは本当だよ」

それが事実だろうという事は、ゼノを前にした七海を見ていればわかる。……そうでなくとも、落ち着いた七海の言葉は非常にわかりやすく浸透してきて、ゼノという異界の勇者がどれほど高名な存在であったかは、リーゼ達にも十分理解出来た。

「あー、結構脱線しちゃったね？　まあとにかく、ゼノ様はマジすごい人だよってハナシ。一見冷めてる様に見えるけど実はめっちゃアツくて、大きなことを言ってるんだけどこの人ならやっちゃうんだろうなーって、私の知ってるゼノ様はそんなカンジかな」

「やたらと自信家だと思っていたのですが、本当に凄い方だったのですね……」

「そうだよ～。……でも確かに、ゼノ様って自分の事は多くは語らなそう。特にそういう自慢とかはしなそうだなー」

　ゼノへのイメージを語る七海は、楽しそうだ。

　自分の好きなモノについての知識を語らうのは楽しいということは、リーゼも知っている。

　いいや、ゼノに教えられたとも言うべきだろう。

「……」

　閉じた瞼《まぶた》の闇に、思考を浮かべる。

　あの書庫で一人過ごすのも悪くはなかったけれど――

「ありがとうございます、ナナミさん」

「どういたしましてだよ。良ければ今度、リーゼちゃんから見たゼノ様のお話も聞かせてほしいな。あ、戦いにカンケーないことだけでも大丈夫だからさ」

「いいですよ。何ならこの話のお礼に、今話しましょうか？　例えば、彼に文字を教えている時の話とか……」

「えっ、マジでいいの!?　気になる気になる！」

少しだけ、世界を広げてみるのも悪くはないと、リーゼは小さく鼻を鳴らした。

予想以上の食いつきをする七海がなんだか可愛《かわい》らしくて、笑みがこぼれる。

「おいおい……あまり馴《な》れ合うなよ、ナナミ。それに聞くなら敵の戦力を探るとかだな……」

「まあまあ。そういうのはいつでも出来るじゃん。せっかく一時休戦で裸の付き合いをしてるんだから、こういう時は和気あいあいと行こうよ？」

「あ、あんま変な表現を使うな！」

マルグレーテはリーゼが思うよりも相当にうぶなようだ。

鮮やかにマルグレーテを諌《いさ》める七海。言い争いのようでいて仲睦《むつ》まじい光景に、リーゼは微笑ましさを覚えた。

声を荒らげながらもなんとなく楽しそうなマルグレーテ。そして七海は、何かを期待するようにリーゼに視線を送っている。

「ではそうですね、私はゼノに文字を教える時、簡単な文字だけで書かれている児童書を使っていたのですが――」

語るのは、書庫での一幕。

稚拙な童話が地球とパルサージュ、二つの世界における道徳の話まで発展していくのを、七海《ななみ》は興味深そうに聞いている。

ちょうどいい湯の温度に体を任せながらの語らいは遅くまで続き――リーゼにとってマルグレーテと七海は、少しだけただの『敵』ではなくなっていったのだった。

第七章　試練の守護者

夜が明けて、朝日が昇りきった頃。

リーゼとゼノはアウレアの街を出て街道を歩いていた。

視線の先には、銀色に輝く巨大な樹《き》が見えている——その威容はゼノさえも圧倒しながら、見え続けていた。

アレが世界樹——ではない。女神より分かたれた『枝』だと聞かされ、ゼノは驚いたものだ。

山の如《ごと》き巨大樹は、近づくごとに更にその巨大さを誇るようになってくる。

その光景はこの世界が地球とはまるで違う法則の下《もと》に成り立っているとゼノに実感させていた。

小高い丘をもうじき登り切るというところになると、リーゼが小さな歩幅をせわしなく動かして、ゼノよりもわずかに先に登りきる。

「ふう……ようやく見えてきましたね」

と。そんな事を言って、ゼノの首を傾《かし》げさせた。

疑問に思ったまま少し歩いてゼノも丘を登り切ると、リーゼの言葉の意味がわかった。

視線の先の巨大樹の麓にあったのは、ミステリーサークルを思わせるような、円形の闘技場であった。

いや――石畳で作られた舞台の上に描かれた紋章を見るのならば、それは差し詰め魔法陣といったところだろうか？

その巨大さは、ドームなどの大舞台に慣れたゼノでも驚嘆に値するものだった。

ゼノが虚を衝《つ》かれる表情に満足して、リーゼは得意に微笑《ほほえ》む。

「あそこには、かつて悪神の一柱が住まう居城があったそうですよ」

本で読みました。自分も今さっき初めて実物を見たろうに、指を立ててそう語るリーゼは誇らしげだ。

その可愛らしい態度に微笑を浮かべるゼノだが、実際に興味深い話だったのは本当だ。

「博識だな」

「これくらいは普通です」

ただしどう見ても――ゼノよりも、リーゼの方がその光景に心動かされているようだったが。

このパルサージュに、写真の技術はない。リーゼもまた、文字で知りながらこの試練の闘技場を見るのは初めてであった。

仮に、写真があったとしてもこのスケールを十全に伝えることは不可能だったろう。実物を我が眼《め》で見る。その経験は、リーゼに新しい世界の扉を開かせた。

とはいえこの旅の目的は観光ではない。生暖かい眼を向けるゼノに気がついて、リーゼは咳払《せきばら》いを一つ生み出す。

「……失礼しました。さあ、試練を受けに行きましょう」

何も恥じることはないだろうに。まあ真面目なのは良《い》いことだと思うが。

ゼノはそんなリーゼに軽い調子で返答をすると、その背を追うのだった。

◆

丘の上から見えていた感覚からは少しだけ余分に時間を使って、ゼノとリーゼは円形の闘技場へとたどり着いていた。

改めてその光景を観察すると、そこは魔法陣が描かれた巨大な石のプレートといったところだ。

その大きさが尋常ではないため、極めて単純な造形ながらにそれの誇る威容は凄《すさ》まじい。

「本によれば、二人揃《そろ》って闘技場へ足を踏み入れることで試練が始まるそうです。あそこの階段から上がれということなのでしょうね」

巨大な石のプレートだが、街道から続く面には階段が設けられている。

準備のいいことだ。ゼノは思う。

まるで運命の方から迎えに来ているような。ふと、そんな事を思う。

「そういえば――『守護者』と言うのはどういう存在なんだ？」

ならばこれから立ち向かうべきモノの存在くらいは、知っておいた方がいいだろう。

『双翼の儀式』とは、その主目的そのものは各地の神樹にて女神の『守護者』と呼ばれる存在と戦い、力を示すことで女神から印を受け取っていくものだという。

ならばその守護者とはどの様なモノなのか。

「はい。かつて世界の覇を争っていた六柱の『悪神』に仕えた各地の王であったらしいと、多くの書物には記されています」

リーゼから聞いた言葉に小さな違和感を覚えつつも、ゼノは続きを待つ。

「女神に悪神が倒された時、その支配から解放された事を感謝し、彼らは女神にその身を捧《ささ》げたとされています。彼らは優れた戦士でもあったため、こうしてかつて悪神の居城があったその場所で、『双翼の勇者』達の試練を務めているのだとか」

リーゼの説明の、微《かす》かなざらつき。

「女神の伝説に比べて、随分と不確かな情報だな」

「……そういえばそうかも。これでも、多くの文献に目を通したと自負しているのですが……まあ、お話の主役は女神様ですからね。細かい部分の詳細な情報については霞《かす》んでしまうのかもしれません」

その違和感の正体は、らしいという色合い。女神に関してはその言葉さえも詳細に残っているにも拘わらず、それ以外のことについては一気に情報が霞む事だった。

だがそう言われればそういうものなのかもしれない、とも思う。

後世に残す際に、重要な情報ほどより重視して残すのは自然なコトだ。

違和感を覚えつつも、ゼノは一旦、この事について考えるのをやめた。

しかし――伝説に残る王の化身、というのは中々心躍る話だ。

飽くまでも『試練《試し》』として相対する事が出来るのならば、ゼノとしてもありがたい話だが。

「……あ」

「どうした？」

そこで、リーゼが何かを思い出したように声を漏らす。

というよりも、うっかり忘れていたというところだろうか。ゼノが視線を向けると、リーゼはばつが悪そうに視線を外す。

「……いえ。最低限連係を取る訓練くらいはしておいた方が良かったかなと。私自身がちょっと舞い上がってしまったようで……」

リーゼが危惧したのは、実戦に向けての準備不足であった。

確かに、文字の勉強の他にはゼノの力の扱い方を精密にする練習くらいで、実戦を想定した修練はあまりなかったなと、ゼノは宙に浮かんだ思考をよそ見した。

……だが果たしてそうだろうか？

「リーゼは、どれくらいの事が出来るんだ」

「最低限の攻撃魔法なら使えます。あとは『力場』の魔法が少々得意です」

「力場とは？」

聞き慣れぬ言葉に聞き返す。

「対象の内側から外側に向けての力を強化すると言いますか……外からの力を弱め、内から放たれる力を増す。攻防一体の補助魔法ですね」

なるほど、確かにそれは便利そうだ。

ゼノの持っている知識で言えば、攻撃と防御への『バフ』といったところだろう。

「こう言うと他力本願に聞こえるかもしれませんが……『双翼の儀式』において重要なのはやはり勇者の力です。なのでもしも私が参加することになった時に必要となるのはこういった補助の魔法になるかと、重点的に練習していました」

リーゼに頷《うなず》きを返す。

おそらくはその通りだろうとゼノは考える。

……あの草原での襲撃について。ゼノはリーゼから今や信徒となった彼らがこの世界では手練《てだ》れと言えるレベルだと聞いていた。

直接戦ったのはゼノではないが、七海と戦った彼らの力はおおよそ把握している。

そうすると、勇者かそれ以外かという考え方は非常に重要だ。

敢《あ》えて無神経な言い方をするならば——極論、戦いは勇者だけいればその対のツバサ、王族の力は必要ないのではないかとさえ思う。勇者が苦戦するような存在ならば、パートナーの助力は微々たるものだろうと。

本当にその力が重要になってくるのは多分、お互いの数と戦力が拮抗《きっこう》する競争の部分においてだ。

その観点から言えば、リーゼの選択はどうだろうか。戦闘に関しては素人《しろうと》のゼノにはわからない。だが——少なくとも、リーゼが何を最も重視したかは明らかだ。

唇へと指を添わせて物思いに耽《ふけ》るゼノへ、リーゼは窺《うかが》うような上目遣いを送る。

「ま、まずかったでしょうか？」

「いや……キミはそれでいい」

その選択は、好ましい。

彼女は競争よりもまず『儀式』を遂げる事を重視した。

指に隠れた唇が、弧を描く。リーゼからその表情を窺う事は出来なかったが、ひとまずゼノを失望させなかったことに、彼女は安堵《あんど》した。

「それで、どうする？　競争の形ではあるが、試練そのものに現実的な期限があるわけではないだろう。リーゼが不安に思うのならば、一旦準備を整えるという選択肢もあると思うが」

ゼノの提案に、リーゼは思案する。

ゼノが言う通り、試練そのものに期限が設けられているわけではない。

今ここで一旦退《ひ》いたとしても、またこの場に来れば改めて試練を受けることは可能だ。

だが――

「いいえ、このまま行きましょう。……情けない話ですが、この戦いで重要なのはゼノの力です。実質的な期限切れを迎えるわけにはいきませんから」

タイムオーバーはなくとも、ゲームセットは存在する。それは他の参加者が双翼の儀式を完全に終えてしまうことだ。

全体的な行程を見据えて進める必要がある以上、先を急ぐに越したことはない。

……それに、リーゼとて『勇者』と自分との戦力の違いを理解していないわけではなかった。

二対一で挑む守護者との戦いにおいて自分が最も重要視すべきは、ゼノの邪魔にならないことだ。

「……いいだろう。ならば、好きにやるといい。オレが、キミを守るから」

その考えに至るまで思案を巡らせ、ゼノは真正面からリーゼを見据えて、そう告げた。

まるで、物語の英雄のような、キザったらしい言葉。

大真面目にそんな事を言われるとは思わず、リーゼは頬を染めた。

「そ、そうですか……光栄、です」

自らの頬に差す朱に気づくことなく、正体不明の熱さだけを感じて、リーゼは冷静を装《よそお》う。

「……？　……？」

腕で口元を隠して、リーゼは幾つもの疑問符を浮かべた。

思考がまとまらず、濁流の様な感情が頭の中を無秩序に駆け巡っている。

いつまでもこうしているわけにもいかない。その考えにたどり着くと、リーゼは大きく深呼吸を行った。

「行きましょう」

「仰《おお》せのままに」

なんとか思考を落ち着けると、リーゼは赤いままの顔で、そう告げた。

いちいちキザったらしい……ゼノの態度に逆恨みをぶつけると、リーゼはようやく気分を切り替えた。

先導したゼノが、一段の大きな階段の補助となるべくリーゼに手を差し伸べる。

『試練』へと挑む決意を固めたリーゼは、運命の案内人の手を取った。

巨大な石のプレートに登るも、何も起きない。ゼノは油断を絶やさず集中しながら、従者のようにリーゼの傍《そば》を歩いた。

やがて闘技場の中央へと到着すると、リーゼは跪《ひざまず》いて手を組み、神樹へと祈りを捧げる――

集中し、女神への感謝を捧げる。儀式の手順としてはその様に知らされている。言われた通りに女神への感謝を捧げると同時に、リーゼは街の人々の顔を思い出して、この世界から笑顔が失われぬようにと祈った。

十数秒ほどそうしていると、辺りがわずかに暗くなり、逆に空気は熱を持っていくように感じられる。

「来たか」

ゼノがそう呟《つぶや》くと、リーゼは顔を上げ――そこに、鎧《よろい》を纏《まと》った細身の騎士の姿を見つけた。

……いや、少し違う。

がらんどうの鎧が、剣を持ってゆっくりと歩みを進めていた。

「あれが『守護者』――」

「名はないのか?」

「『炎の王』。そう呼ばれています」

リーゼの言葉に耳を傾けつつも、ゼノはその姿をじっくりと観察した。

炎の王。なるほど、緋色《ひいろ》が混じった黄金の鎧は、炎を思わせるように見える。

とすると、空気に感じる熱も勘違いではあるまい。

一つ解《げ》せないのは、空洞の鎧の、その空虚なることだ。

まるで意志が感じられない鎧の剣士は、子孫へ課す試練にしては――

鎧の剣士が、携えた剣を天へと掲げる。

そこに、力が集うのを感じた。

「後ろへ」

「……はい！」

ゼノの指示を聞き、リーゼは最大限持てるスピードでその背へと隠れた。

同時に、意識を集中し、魔力を集める。

ゼノもまた、瞬時に黒き羽を展開した。数多《あまた》の羽が集い翼を織りなすと、ゼノの身を抱くようにその身を守る盾となる。

炎が滾《たぎ》るように。剣に集った力が吹き上がる。鎧の剣士は乱暴に、その力を叩《たた》きつけた。

剣から放たれし力が焔《ほのお》渦巻く衝撃波と化してゼノへと迫る。

――七海《ななみ》や、モントゥスのそれと似た力だ。その威力は勇者たる彼らの力と比べても遜色はなく、整った石の地面を割り、砕き、巻き上げながらゼノへと迫る。

「微力ではありますが――　『フォースフィールド』です！」

渦巻く焔、迫る破壊の波を見据える最中《さなか》、背に隠したリーゼが魔法の力の名を唱え、手を折り重ねる様に優しくゼノへと魔力を付与した。

「……これが」

力場というヤツか。

イメージとしては、風が自分の身体《からだ》から吹くような――五感に作用するわけではない、しかし六つ目の感覚で認識する不思議な力を、ゼノはその様に知覚した。

力のエネルギーが作る一定の方向性。なるほど、それはこちらからは追い風になり、相対するものからは向かい風となる、そのような力だ。

多分――振り下ろされる金属のハンマーくらいならば押し返すのではないだろうか？

なんとはなしに、ゼノはそんな印象を抱いた。

災害の様な力を前にするのならば少し頼りなく、しかし人間と対するには十分人智《じんち》を超えたと言えるような、そんな力だ。

つまり哀《かな》しい事に、これほどの力を前にしては気休め程度ということでもある。

それでも確実に、自分へと折り重なる力がゼノの心を震わせた。

衝撃波と、黒き翼が衝突する――凄《すさ》まじいまでの爆音が響き、衝突を中心に、暴力的な力が床を、空間を抉《えぐ》りとっていく。

だが――翼が風を叩き、その奥に隠す堕天使の姿を顕《あらわ》にする。

現れたゼノは――ポケットに手を突っ込んだまま、微動だにせず無傷。その奥のリーゼは髪先さえも揺らしていない。

「――！」

あまりに圧倒的な防御力に、リーゼは息を呑《の》んだ。

土よりもずっと硬い岩の地面が余波のみで無惨《むざん》に破壊されるほどの威力を真正面で受けてなお傷一つなく、壁としての翼さえも失われていないというこの結果。

強すぎる。ゼノはあまりにも、強すぎる。

仮にあの時モントゥスとの戦いで『羽』ではなく『翼』を出していたら。刃《やいば》は朽ちるその前に、ゼノに届いてさえいなかっただろう。

「……ふうん」

しかし、この結果を意外に思った者がいる。

ゼノだ。確かに、今の一撃は凄まじい威力であることを感じた。それを容易《たやす》く防ぐ自分の力もまた、想定通り救済という『大言壮語』を実現しうる力があった。

だがこの展開は異常だ。再び力を溜《た》め始める鎧の剣士を見て、ゼノは思う。

――出力と動きとが、明らかに噛《か》み合《あ》っていない。

戦闘の素人である自分をして、鎧の動きは見るからに単調で、不自然と感じる。

凄まじい威力の魔法剣はなるほど、勇者でなければ防ぐことは難しいだろう。

単純な暴力としてこれを受け止められる物質を知らないし、現代火器さえ封殺するような防御力を持つリーゼをして防ぎうるものではない。

人知を超えた圧倒的な破壊力——しかし、鎧の力はそれだけなのだ。裏を返せば、勇者ならば誰でも容易に防ぎうるということ。

喩《たと》えるならば、篩《ふるい》。勇者かそれ以外かを判別するだけの機構——そんな印象。

位置取りさえも変えず、別の手を考えるわけでもない。機械的に次の攻撃を繰り出そうとする『守護者』——鎧の剣士に、ゼノは興味を失った。

見たままだ。『空の鎧』、ただそれだけの存在——

かつては悪神の配下にあり、その支配から解き放った女神に感謝し新たなる忠誠を誓った剣士。邪悪なる神の下にあり、女神に解放された事で正義に仕えるようになった剣士——ゼノはリーゼから聞いた『炎の王』の物語に英雄の存在を感じていたが、これが英雄などというモノであるはずがない。

むしろ、この空の鎧にこそ『操り人形』という印象を覚える。

「もう、いい」

ゼノは右の腕をポケットから引き抜いて、煽《あお》るように天へと振り上げた。

空中に、幾百もの羽が浮かび上がる。

「……！　なんて――！」

あの、一本一本が大砲に匹敵するような羽が。

剣を構えた空の鎧がそれを振り下ろすよりも先に、ゼノは振り返りながら、掲げた腕を大きく横へと薙《な》ぎ払《はら》った。

それは、処刑の如《ごと》く。ただ淡々と指示をくだされた羽は、空洞の鎧へと殺到し――後は、ゼノが初めて力を使った時の再現。

面白みもなく、空洞の鎧を粉々に打ち砕いた。

「……」

言葉もないとはこの事か。

終末を見届ける様に、リーゼはただその光景を見ていた。

あまりに歴然たる差。勝負にさえなっていない。

勇者だけで十分。こんなものが試練というには、あまりにも――

がっかりした？　そんな思いを打ち消すように、リーゼは頭を振る。

少しすると、闘技場が光り輝き、元の形を作っていく。

その光景には幾らかの非日常を感じつつも、気がつけば闘技場は元の整然とした状態に戻っていた。

試練が行われたことなど、言われなければ誰も気づかないだろうというほどに。

たった一つ、そこに緋色のメダルという痕跡を残して。

「あ……」

宙に浮かぶメダルには、不思議な力が感じられる。

恐らくはそれが女神の印なのだろう。実物は見ずとも試練の存在が、そう感じさせた。

リーゼは緩やかな足取りでメダルへと向かい、その前で立ち尽くす。

暫《しば》し、考える。本当にこんなものが試練なのか？　自分は、何もしていないというのに。

それでも、自分だけでは突破は不可能であっただろう試練。その存在がリーゼを苛《さいな》む。

本当にこれを手にしてしまっていいのか？　そんな、疑問が浮かぶ。

背にそんな葛藤を感じつつ、ゼノはただ瞑目《めいもく》し、佇《たたず》んでいた。

一度だけ、そんな彼を見やって——リーゼは、メダルを堅く、握りしめるようにつかんだ。

「……関係ない。私は、私が信じる事をするだけです」

投げやりとも取れる言葉。しかしその瞳には微《かす》かに——強い光が、宿っていた。

踵《きびす》を返《かえ》し、毅然《きぜん》と歩く。

「行きましょう。ここでグズグズもしていられません」

「ああ、その通りだ」

怒りさえも感じるような乱暴な歩調は、踏みしめるように。

そこには確かな決意の存在を感じさせた。

闘技場を――空の鎧が現れた時点で覆っていた結界が消えていく。

円形の形に合わせた様な半球が光を放ち、形にそって水が滑り落ちるように、結界は消えていった。

そう、まだ何も始まってはいない。

『双翼の儀式』は、このドームと同じ様に幕を開けたばかりだ。

この試練自体に意味があるわけではなく、その目的は世界に再び豊穣《ほうじょう》を齎《もたら》す事にある。

本来の目的さえ見失わなければ、それでいい。

だがそれよりも――

「おお、終わったぞモントゥス。待たずに済んで丁度良かったな」

この双翼の儀式には、もう一つの目的がある。

グランハルトの冠を、相応《ふさわ》しからぬ者に渡さぬために。

「既に試練が始まっていると思ったら君達だったか。これは実にちょうど良《い》いね」

「アンドリュー、兄さん」

リーゼは毅然と、光の奥から現れた、ニヤケ面を睨《にら》みつけた。

第八章　ホンシツ

「やあリーゼ、今試練が終わったところかい？」

蔑みを隠そうともしない表情で、アンドリューは髪を掻《か》き上《あ》げる。

一見優しげな言葉とは裏腹に、明らかに見下した態度にゼノはわずかに眉を顰《ひそ》める。

およそ妹に向ける態度ではない。――実際に、そうは思っていないのだろう。

「その勇者がいるんだ、試練は突破出来たんだろう？　良ければ女神の印とやらを、こちらに渡してくれないかな」

だからこそ、こんな要求を平然と行うことが出来る。

多分――というか、きっと。こちらを歯牙《しが》にも掛けていないであろうアンドリューは、駆け引きをするつもりはないのだろう。

彼の言葉からは試練の最中《さなか》、闘技場の中の様子がわからなかったことが窺《うかが》えるし、成果をかすめ取ろうとすることへの罪悪感も窺えない。

なんの交換条件も提示せず、かと言って脅迫するわけでもないその言葉は、当然リーゼがそれを自分へ渡すと思っていることの証左であった。

「お前が持っていても仕方がないだろう?」

だって混じり物のお前にはその資格がないのだから。

明らかな侮蔑の言葉を悪気なく織り交ぜて、アンドリューは駄々っ子にでも言い聞かせるように、そう言い放った。

きゅっとリーゼの口が結ばれる。

ゼノは、そんな彼女に並び立つよう、一歩前へと歩み出た。

「印が欲しければ、自分で取るといい。その方がずっと簡単だ」

「労せず手に入る方がもっといいだろう? 何も無茶な事を言ってるんじゃない、その方が後々トクだと言っているんだよ。どうせ、王になるのはこの僕だ。心証を良くしておいた方がいい、とね」

やはり。ゼノは小さく鼻を鳴らした。

アンドリューとは、会話になっているようでなっていない。彼の言葉は一方的なもので、どこまでも自分の考えという『結果』ありきだ。

ある意味では、王子のイメージにぴったりだと言っていい。当然、良いも悪いもある中で、悪い方のだ。

自分の要求が通る事が通常であった、故の『常識』。これはこれで、哀《かな》しいものだ。パルサージュにおいてその血は絶対が過ぎた。

「アンドリュー……貴方《あなた》は」

「んっ？」

敢《あ》えて、リーゼは彼を兄と呼ばなかった。

それを是正しないアンドリューという形で、二人の関係はひとまず固定されたと言っていい。

リーゼはその事実に何を思うでもなく、ただ彼の瞳を見据えて、問うた。

「王になって、貴方は何をしたいのですか？　その答えに納得が出来たなら、私は『印』を貴方に渡しましょう」

少しの悲しみを覗《のぞ》かせつつも穏やかに、リーゼは、かつてゼノに投げかけられた質問を口にした。

「面倒くさい奴《やつ》だな、お前……」

アンドリューは舌打ちをしてから、答える。

「別に何もかんもないよ。父上と同じ様にする、それで十分だろ？」

その答えは――リーゼに、決意を改めさせるに十分たるものだった。

悲しみをその眼《め》から消して、リーゼの瞳は力強い光を宿した。

「そうですか。ならば、この印は渡せません」

リーゼの凛《りん》とした答えに、アンドリューは明らかな苛立《いらだ》ちを見せる。

苛立ちと片付けるにはあまりにも強い魔力が、敵意となってリーゼへと叩《たた》きつけられる
――

「はあ？　なんでそうなるんだよ……」

忌々《いまいま》しげに頭を掻いて、また舌を打つ。

このぐらいが、適当な答えだったはずだと。……そう正解がわからずにいる、今の彼を王にするわけにはいかない。

強い意志を込めて、リーゼはアンドリューを睨みつけた。

「……まあいいや。わざわざ僕がやることもないと思っていたが、混じり物を片付けるくらいはわけもない」

その視線を受け止めるでもなく、アンドリューはつまらなそうにそう言った。

そして――一目で臨戦態勢とわかる魔力を纏《まと》う。

「お前に決闘を申し込む。今度は前の様にまぐれは拾えないぞ？　ここには他ならぬこのアンドリューがいるのだからね！」

酷薄な笑みを浮かべ、アンドリューはそう宣言した。

申し込まれれば受けざるを得ない『決闘』。その宣言を受け、リーゼは――

「――受けて立ちましょう。ゼノ、力を貸してください……！」

「くくっ……ああ、わかった。喜んで、キミの力となろう」

怒りではなく、侮蔑でもない。

使命感を持って、その申し出を受け入れ――今、真の意味でこの戦いへと足を踏み出した。母を不明としつつも、王の子に生まれ、その資格と使命について考え続けてきた少女が、今答えを出したのだ。

明らかにリーゼの雰囲気が変わったのを、ゼノは感じていた。

確かな覚悟が、光となって瞳に宿る。

雰囲気の変わったリーゼに、困惑《それ》と気づかずにアンドリューは僅かにたじろぎ、自らのそれを気の迷いと切って捨てる。

「まあいい、こんなのも考えてたさ。モントゥス！」

刹那覚えた感情を振り払うように、アンドリューはその名を叫んだ。

アンドリューの言葉を受けて、腕を組んでいたモントゥスが歩み出る。

愉快そうに喉を鳴らして――

「――貴方は、いい雇い主だよ」

そう、答えた。

「思った以上に早く機会が巡ってきたな、黒き勇者よ！」

牙をむき出しにして、笑う狼《おおかみ》。

獣の戦士、モントゥスがその身を前に躍らせた。

武器は抜かない。それが通じないことはわかっているからだ。

「戦の神に感謝するぞ！　お前ほどの強敵と二度見《まみ》えるこの幸運を、俺の真の姿で受け止めよう……！」

代わりに――ざわざわとモントゥスの髪の毛が躍り、伸びていく。

顔までを覆うように新たに毛が生えていき、そして鼻が、口が突き出るように変形していく。

獣の耳を持つ生粋の戦士、モントゥス。この可能性に、ゼノは考えを伸ばさぬわけではなかった。

モントゥスの顔が、獣へと――狼へと変貌していく。

その手の爪が伸び、むき出しにした牙は刃《やいば》のごとく研ぎ澄まされる。

「我が名は獣人モントゥス！　その魂が行きつく所にて、我が爪牙《そうが》の傷を誇るが良い！」

腕を広げるように叫び、咆哮《ほうこう》を轟《とどろ》かせる。

知性を持つ獣。更なる暴力性を、戦いの本能はそのままに知性をもって振るう怪物。筋肉、骨、大きさ。その全てが笑ってしまいそうなほど強靭《きょうじん》、見るだけで戦意を失うような神話の時代の戦士を前に――ゼノは、笑ってみせた。

「それがオマエの本性か。ならばオレも全てを見せよう」

喩《たと》えるならばヘラクレスか、フェンリルか。あるいはその両方か。神話の戦士を前にして、対するは人々の救済のために神界を追放されし『堕天使』。

――愚直に夢を追い求め続け、神秘なき世界にてその技術を異能の域にまで進化させた青年、ゼノ。

腕を大きく振り上げて、振り下ろす。指先は、己の魂、ギターへと。

甲高く、ザラついて、途方もなくエネルギッシュな爆音が、世界を震わせる――

意図のわからぬ行動に困惑するモントゥス。ともすれば遊んでいるとも取れるような行動にも感じられたが、ゼノは不敵な笑みを浮かべる。この瞬間に、モントゥスは油断という存在を自分の内から追い出した。

図らずもその行動は威嚇のように働き、しかし勇者たる獣人モントゥスに本気を出させることとなった。

反面、不意に、幾度もその音に感動させられてきたリーゼは、背を押された様な気がした。

「さあ、英雄叙事詩の頁《ページ》を刻め。キミとオレとの物語を、今こそ始めよう……！」

「……はい！」

それは、彼と自分のための曲のハジマリだったから。

「何もわからないことばかり。でも、今は、ただ自分がやるべきことだけを見据えて前に進みます！」

「意味分かんないよ！　所詮は半分の混ざり物だな！」

ゼノとリーゼに『力場』が纏《まと》われ、そしてアンドリューは薄い青色の防御膜、『バリア』を自分とモントゥスそれぞれの周囲に展開する。

どちらも、『双翼の儀式』における戦いを想定した、お互いのとっておきだ。

基礎的な攻撃用の魔術を覚える他、特化した一点モノの魔術を極める。それは双翼の儀式における一種のセオリーとなっていた。

当然、その能力はグランハルトの王子や王女にとっては特別の能力だ。コレが一番だと定め、磨いた能力――いわば、それは彼ら彼女らの信念とも言える。

「見るが良《い》い！　これこそ我が超絶の魔術……『ヴァニッシュリフレクション』！」

アンドリューのそれは、バリアだった。全方位の攻撃から身を守る、防衛の手段――『双翼の儀式』における対勇者戦において、その一番の弱点となるのは召喚者たる王族の存在だ。人並み外れた力を持つ彼らだが、勇者の力の前にはほとんど無力だと言っていい。

足を引っ張らないことこそが肝要。その点で言うと、防御魔術は非常にメジャーな力だと言っていいだろう。一定以上の防御力に対する攻撃は無意味と言えるが、その逆は――ごく僅かなりと、効果を発揮する。

アンドリューのそれは、はっきり言って防御魔術としては天才的と言ってもよい。

――唐突に始まりを告げた戦いで、先手を打ったのはゼノだった。

黒き羽の召喚。超スピードで距離を詰めてくるであろうモントゥスへの牽制《けんせい》として、ゼノが選んだのは面への超絶的攻撃力であった。一枚ごとが大砲の如《ごと》き威力を持つその羽の破壊力は最早《もはや》防御の素材を語るなど虚《むな》しく、これだけの数を揃《そろ》えれば一定以上の力を測る『篩《ふるい》』である守護者を一瞬にして粉々に破壊するほどのものだ。

「モントゥス！」

「分かっている！」

狼の姿に変貌した勇者が、吠《ほ》える。

剣の代わりに爪へと魔力を纏わせると、モントゥスはそれを両手で一度ずつ、振り払った。

手合わせの時に見せたのと同じ、いやそれ以上の力を持つ真紅の刃が、五つ。爪の数と同じく、両手を併せて十もの刃が、網目を組むように発射される。

モントゥスが選択したのも、またゼノと同じ面攻撃だった。

一本ごとが必殺の破壊力を持つ刃を十本同時に。こちらもまた規格外の攻撃を、一息に放つ。

力と力のぶつかり合いは奇《く》しくも手合わせの再現となったが——此度《こたび》は、ゼノの密度がそれを上回っていた。

一本ごとの威力はモントゥスの血刃《けつじん》の方が高くとも、その数は比較するのもバカバカしいほどに段違い——刃は殺到する羽を次々に打ち消していくが、やがて力尽き、消え果てる。

その上、網目をすり抜ける羽もモントゥス達へと向かっていた。

一枚ごとが必殺の威力。その余波でさえ、人一人吹き飛ばすのはわけがない攻撃だ。それが、回避不能の面となって襲いかかる。

——ゼノは、この羽を少し当てたくらいでは、モントゥスは倒れないと感じていた。勇者は、その身に纏う力が既に防御壁の様なもの。ゼノはこれをなんとなく感じることが出来ていたが、変貌したモントゥスのそれはゼノをしても大きいと感じるほどである。

故に、ゼノの狙いはやはりアンドリューであった。モントゥスがアンドリューを陰になるようその背に隠すようにして距離を詰めてくるが、その陰の外、余波でもあればアンドリューを戦闘不能にするのは容易《たやす》いはず。その力を見定める眼には、そう映った。

しかし――一斉に黒き羽が炸裂《さくれつ》し、凄《すさ》まじい爆風が吹き荒れる。煙の壁を突き破ってモントゥスが現れる。ここまでは、予想通りである。

だがその後ろにはアンドリューが無傷で立っていた。

「……なに？」

「フッ……よそ見か、ゼノ！」

感じる力の大きさからは、防ぎきれようはずもないものだったが。

予想を外したことで、ゼノにはごく僅かな困惑が浮かんでいた。そこへ、朱《あか》く光る爪を振りかぶったモントゥスが迫る。衝撃波でなお凄まじい威力が込められた爪の、直接攻撃。

ゼノは翼を纏い、防御とするが――金属を引《ひ》っ掻《か》くような、不快な音が響く。

人狼《じんろう》の朱爪は、堕天使の翼に大きなキズを残していた。

「流石《さすが》だな」

だがこちらは予想通り――再び放つ羽を目くらましに、ゼノはリーゼを抱き寄せて一気に後退する。

羽を束ねた翼の防御でも防ぎきれない。直接攻撃を受ければそれが喉を裂きうる事を、ゼノは感じていた。

「前以上に凄まじい速度、威力ですね。しかし……」

「ああ、解《げ》せないのはその後ろ」

ゼノとリーゼの作戦会議に、アンドリューが嫌らしい笑みを浮かべる。

感じる力に対して異常に高い防御力。それが、この攻防の謎であった。

勇者の一撃がただの人間に防ぎうるはずはない。だというのに無傷というこの異常。その理由があの防御魔術にあることは確かだ。

当然それを身に纏《まと》っていたモントゥスもまた、想像以上にダメージが少ない。

何より――

「この術だけは、天才と言わざるをえんな」

「お前達がおかしいだけさ。僕は、全てにおいて十分天才だよ」

その感じる力の少なさから予想はついていた――燃費の良さ。改めて防御魔術を張り直すアンドリューは、涼しい顔でそれをやってのけた。

勇者の攻撃を防ぐなど、数十人の防御魔術師を集め、時間を掛けても不可能だ。

だというのに異常に少ない魔力の消費で不可能を可能にして見せる。それは不条理ながらも、正しく天才の為《な》せる技だった。

だが今の攻防でわかったことが一つ——

「でも恐らく、弱点はあります。モントゥスは、意識してアンドリューを庇《かば》いました。ということは、あの防御魔術も無敵ではないはずです」

無敵ならば、何もせずただ攻撃を受ければいい。防御に割くリソースを減らせば、より高品質な攻撃が可能となるだろう。

にも拘わらずモントゥスは立ち位置を調整してまでアンドリューを背に隠してから距離を詰めてきた。

「カレの念押しに、モントゥスは苛立《いらだ》ちを混ぜて応えた。ならばアレは、必要な行動だったというコト」

恐らく、それはモントゥスの自発的な行動ではなく、前もっての取り決めだ。

「よく見てますね」

「キミこそ」

リーゼは戦術から、ゼノは心理から、その防御魔術の奥を見透かす。

「く……」

その考察にアンドリューが小さく息を詰まらせるのをゼノは見過ごさず、リーゼへと伝えた。

やはり、モントゥスに自身を守らせる必要はあったのだ。

となると導き出される推測は――

「ゼノ、私を連れて戦えますか?」

「当然。お姫様のエスコートとは光栄だ」

ゼノがリーゼを抱き寄せ、リーゼはゼノへと身を寄せる。

より前線で戦うゼノに、戦いにおいては弱点となるリーゼが密着する――その非合理性にアンドリューは眉間へと皺《しわ》を集め、モントゥスは二人がなにか企《たくら》んでいるのだろうと、期待に笑みを浮かべた。

それを裏付けるかの如く、リーゼはゼノへと耳打ちをする。ゼノは秘密の提案を聞いて――アンドリューに見えるよう、妖艶《ようえん》に、艶やかなリップの乗った唇を歪《ゆが》めた。

「……!」

凄まじい破壊力を連射するその男の脅威を思い出し、アンドリューは恐怖に引きつった顔を浮かべる。

「……ふん」

モントゥスは、そんな主《あるじ》の姿を見て忌々《いまいま》しげに鼻を鳴らした。

アンドリューがそれに気づく余裕はなかったが――ゼノという男、あれの前で弱みを見せるのはいただけない。野生の勘とでも言うべきものを交えて、モントゥスはその危険性に気づいていた。

だが、それでもやるしかない。今ある札で工夫を凝らすからこそ戦いというものは面白く、次の戦いをもっと面白くするために札を増やす。それがモントゥスという男だった。

最早隠す必要もない。アンドリューを守るよう、ゼノとの射線を意識して立ち位置を調整し、モントゥスは爪に力を込めてゆく。

リーゼを抱きよせるゼノは、何を狙うか――

「なっ⁉」

前へ、思い切り翔《と》ぶことであった。パートナーである、リーゼを連れて。

その周囲に羽が舞い、翼は特にリーゼを重点的に守るよう、その身を抱いている。

いかに守っているとは言え『弱点』を伴い肉薄してくるとは。

モントゥスは驚愕《きょうがく》に支配されるのも一瞬、予想外の展開に牙をむき出しにした。

地を滑るように翔ぶゼノが右の手を構え、左肩から一気に振り払う。すると、その軌道にそって幾重にもタイミングをズラされた羽がモントゥスへと殺到した。

避《よ》けるか、受けるか——ごく僅かな逡巡《しゅんじゅん》の後、モントゥスは決定的な反撃を狙い、受けるべく前へと跳んだ。

『翼』の防御は堅牢《けんろう》だが、先程の攻防を考慮してもその防御ごとリーゼを切り裂く自信はあった。

一瞬の後、放たれた羽が迫り——防御魔術で防げなかった一本が爆発する。

その爆炎に紛れ、ゼノは高くへと一瞬にして飛び上がった。

「飛翔《ひしょう》かッ」

上空のゼノを見やり、モントゥスは叫ぶ。

厄介ではあるが、恐らく——永く飛んでいられるわけではない。それならば、最初から空中に飛び上がり、羽を放ち続けるのが最も手堅い。

そうなった所で鳥を落とすくらいは慣れたもの、問題はあるまいとモントゥスは予想したが——その想像を超えてきたのは、直後の事だった。

黒き羽を指で挟み、構える。狙うはアンドリューだろう。だがその一本だけならば問題ない。

高空からの強襲を当てにしているのならば、期待外れだが——

対応を探り、モントゥスはゼノの一挙手一投足を見逃すまいと目を見張る。

――結局、ゼノが放った羽は、その一本だけだった。

……脅かしてくれる！　アンドリューは、安堵《あんど》から引きつった笑みを浮かべた。

だが――

「『フォースフィールド』の応用編です――！」

安堵から勝利の確信。その間に、リーゼの叫びが差し込まれる。

まるで互いを突き放す磁石のように、反発の力と反発の力が働き、リーゼは凄まじい勢いでゼノの手を離れてアンドリューへと向かって射出された。

「何だとっ⁉」

驚愕の声を上げたのは、それを予想出来ぬ敵陣営。その速度を知覚することの出来たモントゥスであった。

羽に追従する形でリーゼが飛び、アンドリューへと向かう。

それは決定的な一手であった。

――気づいている！　思考未満の感覚でモントゥスがそれを感じるも、もう遅い……！

手遅れになってから、アンドリューはそれの意味することに気がついて、恐怖の叫びを漏らした。

「あ……ああああああッ⁉」

羽が迫る。そして、寸分違《たが》わずその後ろをリーゼが翔ぶ。

バリアへと羽が接触する――その一枚ごとが、決定的な破壊を齎《もたら》す絶望の黒き羽。

それはいい。バリアに触れた羽は爆発することもなく、バリアと共に姿を消した。

問題はその後だ。迫るリーゼの、極めて単純な『体当たり』を、アンドリューは防ぐ手段がない。

世界が水の中に入ったように、遅くなる。しかし過去を回想する間も足りず、アンドリューは凄まじい勢いで飛来するリーゼの『力場』に弾《はじ》き飛《と》ばされた。

「くっ……！」

モントゥスが舌を打つ。魔力により多少の防御力はあるが、バリアに守られぬ生身のアンドリューは少々頑丈なだけの人間に過ぎない。加速の勢いに反発を加えたリーゼの突進は、アンドリューを冗談みたいなスピードで弾き飛ばした。

遥《はる》か彼方《かなた》へ飛ばされるアンドリューが、今度は自らが砲弾と化したかのように地面へ着弾、その物理的な力で地面をえぐり、土煙を巻き起こす。

砲弾が巻き起こした土煙が晴れると、そこからは白目を剝《む》き、だらしなく舌を零《こぼ》して気絶したアンドリューの姿が現れた。

モントゥスはその様を、ゼノからさえも視線を外して確認していた。

……もう、アンドリューはダメだろう。だが、それがどうした。まだ勝負は決しておらず、ゼノの姫はその手を離れ、無防備に解き放たれている。

もとより自分が望むは強敵との勝負のみ。邪魔者を消した後にゆっくりと、心ゆくまで戦いを楽しんでくれる。

反発する力によって少々のダメージを受けつつもなんとか無事地面に不時着するリーゼに、モントゥスが迫る。

予想外の奇襲を見せた『フォースフィールド』も、勇者の力の前では限りなく無力だ。

だが当然、ゼノが我が姫を手にかける敵を、見過ごすはずもない。

――竜が、唸《うな》る。

あまりにも強い、心揺さぶる波動が一瞬にして広がり、モントゥスを貫きながら場に満ちる。

これから始まる『なにか』の予感を感じつつも、モントゥスはただ一直線にリーゼへと駆けた。

そして、幾人もの強敵を屠《ほふ》りし朱爪を構えた、その瞬間――

世界が、暗黒に染まった。

冗談ではない。地の輪郭を残したまま、空までもが黒く染まり、呪いを撒《ま》き散《ち》らしている。

あまりにも不吉な予感に須臾《しゅゆ》、心乱れるも構わずにモントゥスはその爪を振り下ろした——！

裂帛《れっぱく》の気合を込め、ただの一人の少女に振り下ろされし朱爪。その魔爪に込められた力は力場など関係なく、少女の身体《からだ》を千切って大地に振りまくだろう。

「ゼノ……っ！」

刹那の間に訪れるであろう自らの末路が過《よぎ》り、リーゼは強く目を瞑《つぶ》った。

しかしそれは目をそらすばかりではなく、信ずる者に祈るように。

——少女の運命は、疑いようもなく、そうなる筈《はず》だった。それでも、その爪は阻《はば》まれた。

なにか白い物体？　——答えにたどり着く前に、モントゥスはナニカに殴り飛ばされていた。

「ガアッ……！」

ある一点へ吸い込まれるような錯覚を受ける、吹き飛ばされる視界の中、地面に身体を打ち付けつつもなんとか身体を起こすと、モントゥスは改めてゼノを睨《にら》みつける。

今、飛翔より地上に舞い降りたそれは——『王』。

幾重にも折り重なる白骨の手を従えた、ゼノの姿であった。

「これは、ゼノの――⁉」

「『罪過の玉座《トロヌス》』――」

気がつけば、一変した世界。思わずあたりを見回すリーゼに、答えを返す意図もなく――おそらくは、その名を呟《つぶや》くゼノ。

ゼノは今、白骨の山――軀《むくろ》の玉座の上にその腰を降ろし、ギターへと手を添えた。

戦闘の始まりにかき鳴らしたあの楽器の音。それを、モントゥスは覚えていた。直前に響いたそれとこの異様な空間とを結びつけるのは当然のことであった。

口より滴《したた》る血を手の甲で拭い、モントゥスは警戒を強める。だがゼノは構わずに、弦《げん》を弾いた。

何かが来る！　その予感よりも先に、足を摑《つか》まれる感覚に気づく。

伸びる白骨、死者の手。一本や二本だけではない、正確な本数は分からないが足が地に根を張ったかのように動かない。

それを顧みることもなくゼノはもう一度ギターを爪弾く。

すると再び、モントゥスは知覚の間もなく巨大な軀の腕《かいな》に殴られていた。

「ぐ……お……これは……⁉」

正体の見えぬ攻撃に、モントゥスは切れた口内の血とともに疑問を吐き出した。

胡乱《うろん》な瞳で、腰掛けた白骨の玉座の上、立てた膝に手を置くゼノが答える。

「『罪過の玉座《トロヌス》』。オレの、罪の象徴――」

再びその名を呟くと、ゼノは実演して見せるようにギターを弾く。

今度は腹部に衝撃が突き刺さる。鍛鉄の鎧《よろい》――モントゥスにとって、着慣れた普段着程度の意味しか持たないが――が砕け、鈍色《にびいろ》の苦痛が突き抜ける。

四度も実演されれば、モントゥスもこの攻撃の正体に気づいていた。

『罪過の玉座《トロヌス》』。その正体はギターの音を瞬時に攻撃へと変換する『究極ノ自己表現』。ノータイムで何処《どこ》にでも、ゼノが思う形で発現する白骨が、思うがままの攻撃を行う能力だ。

その性質は要約すれば極めて単純、どこにでも瞬時に発生する回避困難の攻撃・拘束である。

――『聖なる茨《エルヴァイン》』は日本の音楽界の頂点に君臨したと言っても良いほどの功績を遺《のこ》した、異様のヴィジュアル系バンドだ。だがその足跡は決して順風満帆というわけではなく、壁に突き当たったこともあった。

原因は『知名度』というどうしようもない要素。いくら良《い》いものでも、まずそれが届けられねば意味はない。時間か、カネでしか解決が出来ないような問題を、しかしゼノは力業でクリアすることとなる。

当時はカルト的な人気を得つつもマニアックな存在だったエルヴァインが——ゼノが知名度を獲得し、より高く飛翔するために歌った曲の数々、そしてそれらを纏《まと》めたアルバムが『罪過の玉座《トロヌス》』だ。

音楽で世界を救うというゼノにとって唯一絶対のレゾンデートルを犯し、ひたすらダークで悲劇的な世界観を歌った曲の数々は『ヴィジュアル系』に求められる要素を満たしつつ、当時の人々に認められるためだけに作った『名を売るための悲曲達』である。

それは当時既にエルヴァインの楽曲に勇気づけられたという、救いを求めるファン達を突き放しかねないような、ゼノにとっては最悪の音楽活動であった。

結果として、エルヴァインは然程《さほど》ファンを失うことはなく、数え切れないほど多くのファンを獲得するに至る。

だがその一連の楽曲は、ゼノ自身の徹底的な自己否定となって彼を苛《さいな》み続けていた。

その罪の象徴、縋《すが》る手を払った業の具現が、この力の成り立ちである。

「出来ることなら、降参してくれると嬉《うれ》しいが」

物憂《ものう》げに、ゼノはモントゥスを一瞥《いちべつ》する。

最早《もはや》敢《あ》えて見る必要さえも存在しないとでも言うように——その態度、降参までも促す傲慢に、火花さえ散らしそうな勢いでモントゥスの牙が噛《か》み合《あ》わされる。

戦士だからこそ、モントゥスはその投降の呼びかけを受け入れる事は出来ず、これ以上足掻《あが》く醜さも理解していた。

手札がないのにブラフも何もない。ゲームにおけるキング、のコマはとうに取られ、殺し合いでさえも生殺与奪を握られている状態。

なるほど、確かに投降こそが唯一残された自由だというのも理解は出来る。

だが——それをする事が出来るほど、モントゥスは器用に人生を生きてきたわけではなかった。

生涯無敗。故に、モントゥスは敗《ま》け方を知らぬ。

敗ける時が死ぬる時と想《おも》って生きてきた。

「なるほど、そうか——」

ゼノが、死刑の執行を告げるべく、手を上げる。

ごくりと息を呑《の》んだのはリーゼだ。

……いや、本当にそうだろうか？

あのゼノが、乞われたとは言え誰かを殺すか。

「まあ、聞いてみただけだ」

そんな事が、あるはずはない。

掲げた手をそのまま、高らかに指を弾く。風船が割れるような快音と共に、暗黒の風景は元の世界へと戻っていた。

モントゥスの身を縛る拘束も、既に存在していない――

「何のマネだッ⁉」

これから止《とど》めを刺すとは思えぬゼノの行動、そこに覚えた怒りに突き動かされる形で、モントゥスは叫んだ。

ゼノはゆっくりと手を動かすと、その指をアイシャドウをなぞるように、添える。

「まずは勘違いしないでほしいのは、オレにそのネガイを聞く義務がないということだ。敗者は勝者に従うべき――そうは思わないか？」

敢えて持って回った言い方で、ゼノは胡乱な陽炎《かげろう》の如《ごと》き声で語りかける。

コケにされたと思ったのだろう、モントゥスの喉からは獣の唸り声が響く。

射殺さんばかりに睨みつける狼《おおかみ》の獣人を鼻で笑い、ゼノはモントゥスを見下して、言った。

「生殺与奪を敗者が握るなよ」

「――ッッッ‼」

更なる怒りを煽《あお》られつつも、そこには勝者と敗者という二人が明確に存在している。

勝負事に誇りを持つモントゥスにとって、その言葉は呪いのごとく行動を縛った。

「グゥ……だが先程までの『詰み』とは違う。貴様が油断している内にそこの王女を手にかけても良かったのだぞ」

「それを聞く時点で、そんな事はしないよ。オマエはもう、既に一度負けを認めた。なら、そこからコマを動かすとは到底思えない」

意趣返しに爪をチラつかせて見せるモントゥスだが、ことに言葉のやり取り、心の動かし合いではゼノと同じ土俵に立てるものはいない。

行き場もないほどに理論で道を塞ぐ、そういった類のものではない――ゼノがそう見たのならば、そうなのだ。そういうモノである。

いたずらに心を弄ぶことはしなくとも――負けを認めさせる事が相手の命を奪わない方法であるならば、ゼノはそれを選ぶ。たとえそれが、争いの先にあってもだ。

「く……」

モントゥスの姿が、ヒトのそれに戻っていく。獣耳だけを残して、完全にその姿は元の豪快な青年のものへと戻っていた。

ただしその表情には、敗北という影が落ちていたが。

「ゼノ！」

そこに決着を確認し、リーゼが駆け寄る。

それを落ちた視線、横目で見送ってから、モントゥスは顔を上げた。

無邪気なお姫様を抱きとめて、ゼノは微笑《ほほえ》みを浮かべる。その表情は柔らかく、優しく
——先程までの冥府の王とは似ても似つかぬものであった。

「フ……」

その様を見て、力なく笑う。

たった今戦っていた相手達とは思えない、仲の良い兄妹《きょうだい》の様な姿に、モントゥスは世の無常を感ずる。

知恵が回るも少女らしさもあり、勇敢さと大胆さをも併せ持つ。

これほどの器量の少女が、たかが生まれ一つで『混じり物』と蔑まれる、その不条理。

だがあるいは——そんな彼女が、正式に実力が認められうる場が作られたことこそが、この世の道理の証明であるのかもしれない。

アンドリューは『勇者の実力は召喚者たる王族の力によって相応《ふさわ》しい者が呼び出される』と言っていた。ならばゼノほどの男を呼び出したこの少女は、どれほどの力を秘めているというのか。

そして——アンドリューは、ことあるごとにモントゥスの力をまるで自分のものである

かのように語っていた。自らの優秀さを他人に求め、誇示する。アンドリューの思惑はそこにあっただろうが――その意識の奥には、自分への信頼もあったのではないか？

あるいは、自分の器があの王子に相応しいものであったか。……それ自体が与太話である可能性は否定出来ない。

だがこの結果は幾重にも重なったすれ違いが生んだ結果だと、モントゥスは思っていた。

「……少女よ」

「え……？　は、はい」

思いもよらぬ人物にまさか自分が話しかけられるとも思わず、リーゼは上ずった声を上げた。

「お前の名前を聞かせてもらいたい」

その名を知りつつも、敢えてモントゥスはその名を問うた。

ゼノにしたように、自分の認めた相手の名を知りたくて。

「……リーゼです」

「そうか。……良い名だ」

ゆっくりと、聞かされた名を噛みしめるように立ち上がる。

そして――

「図々《ずうずう》しい願いだとは分かっている。だが良ければ、我らにもう一度機会を与えてはいただけないだろうかッ」

勢いよく、その頭を下げた。

殺し合いを挑んでおいて、助命を乞うこの体たらく。

だがモントゥスは心の底から三度目の機会を願っていた。

この『双翼の儀式』という場において、この二人とまた争いたいと。

それは脱落するはずの敵をすくい上げる行為に他ならない。その必要性がないし、寧《むし》ろ後の憂いは断っておいてしかるべきだとも思う。

全てを理解した上で、モントゥスは乞うた。

「……」

リーゼは、少しだけ考える素振りを見せる。しかしすぐに眼《め》を開くと、モントゥスを見据えて、その宣告を告げる。

「いいでしょう。ただし、条件が一つ」

「何でも言ってくれ」

意地悪にも険しい顔で焦《じ》らしてから、リーゼは顔を綻ばせた。

「次は、お連れの方をもう少しマシにしてから来てください。それが、私の目的にも繋《つな》がりますので」

そしてあっさりと、そんな『条件』を突きつけた。

「ははっ……」

思わず、笑いが溢《あふ》れる。

「それは、いつになることやらだ」

かわいい顔をして、随分ときつい条件を突きつけてくれる——敬意を払って、モントゥスは本心とは逆の考えを思い浮かべた。

こんな口約束一つで『敵』を見逃す気が知れない。

そもそも約束の履行を義務付ける手段などなく、条件を満たしたかどうかなど、相手の裁量次第だ。

だからこそ、モントゥスは強く誓った。必ずやその条件を満たし、再び彼らの前に立つと。

「というか、そもそもゼノが一度そう決めていますから。私は、私の勇者の選択を尊重します」

「おや」

驚いた風に戯《おど》けてから、喉を鳴らす。

先程までよりも確実に、少しだけ大人になったお姫様の言葉に、ゼノは少しだけ考えを改めた。

ヒトの歩みを進めるための『試練』というモノは、確かに存在するのだと。

一度は興味を失いかけたこの双翼の儀式からも、まだまだ眼を離すことが出来なくなった。少なくとも、ゼノにはリーゼという少女の物語を最後まで見届ける義務が出来たようだ。

「その分だと、宿題の答えはそろそろ出た頃かな」

「ええ、『私の目から見て、私は王に相応しい人物か？』ですよね」

ひとまずは、ゼノの書く英雄叙事詩、その一ページ目の内容が今決まる。

最も重要な書き出しを、リーゼはどう始めるか。

「答えは『まだ相応しくない』です。ただしそれは、きっと私を含めた全員の王族が」

清々《すがすが》しい顔で、そう答えた。

少なくとも、そこに迷いはない。

「ただ、少なくとも私は——色々な可能性を捨てずに、前へと進みたいと思いますね。

……後回しで、無責任でしょうか？」

ちょっといたずらっぽく、茶化して言う。

ゼノの反応を窺《うかが》わない、欲張りな回答。

……それは、ゼノを大いに満足させた。既に彼女はそれを、自分を蔑む兄を許すことで実現して見せているのだから。

「いいや、今のところは満点だ」

どこにどんな可能性が転がっているかなんて、分からない。

その集合体として、今のゼノがあるのだから。

曇った石を拾い上げて、磨いてみるまではその正体は分からない。そんな不確実性を、彼はたまらなく愛《いと》おしく思う。

少女らしい爛漫《らんまん》さをその目に輝かせて、リーゼは心の底から笑みを浮かべた。

「……じゃあ、戻りましょう。今日はもう、疲れてしまいました」

「同感だ」

考えることは山積みだが、休息もまた欠かせぬものだ。

頑張りすぎて身体《からだ》を壊す、なんていうのはよくあることである。ゼノはそうした無情に、心を痛めてきた。

過酷な運命を背負うとは言え、リーゼはまだ子供だ。目標が大きいからこそ、寝る子は育つであってほしいではないか。

……実際には、リーゼは十六歳。パルサージュでは成人とさえ呼べる年齢ではあるのだが——蓄えた知識とは裏腹に対人経験が少ないというギャップから、また異世界パルサージュのグランハルト国という『外国人』との外見の差から、それに気づけずにいた。

その勘違いにリーゼが気づかなかったのは、やはりゼノは『持っている』とでも言うべきだろう。

「ええっと……では、私達はこれで」

「……感謝する。俺も後ほど、あの腑抜《ふぬ》けを背負って戻ろう。今は、な」

ともかく——少女に『可能性』を示して、一つの戦いが今終わりを告げた。

リーゼが踏み出した一歩にゼノは満足げな笑みを浮かべ——

「……?」

ふと、何かに呼ばれたように、一度だけ後ろを顧みた。

果たして何を考えているのか、窺い知れぬ胡乱《うろん》な瞳を向ける先には、銀色に輝く巨大な『神樹』の姿がある。

ゼノは僅かな間そうしていたが——すぐに振り返ると、リーゼに付き添って歩き始めるのだった。

第九章　歴史の頁《ページ》

ゼノ達がアウレアの街へと戻って暫《しばら》く。頂点にあった太陽が徐々に沈み、もうじきに完全に暗くなるという頃。

「さ！　さ！　どうぞ遠慮なく！　存分に英気を養ってくだされ！」

「は……はあ……」

リーゼは街の中央、前日にゼノがゲリラライブを行ったあの広場で——困っていた。

ゼノのライブによって一気にその注目度を上げたリーゼ・ゼノコンビ。その動向は神樹の膝下たるアウレアの街の人々に見守られており、試練を受けに街を出たこと、そして無事に戻ってきた事は噂《うわさ》となって一気に街を駆け巡った。

興奮に包まれた街の人々はリーゼ達へと押し寄せて、どうやら試練を突破して『女神の印』を持ち帰ってきたらしいと確認すると、世界を救う旅へ出るリーゼ達を労《ねぎら》いたいと大規模な宴《うたげ》を開くこととなったのだ。

街の運営に携わるえらい人——と言っても立場はリーゼの方がずっと上なのだが——に、

様々な料理を勧められながら、リーゼは困惑していた。

他の兄弟姉妹から蔑まれて生きてきた彼女は、人の好意というものに慣れていなかった。

リーゼは自分自身が見下され、蔑まれることの辛《つら》さを知っていたため、使用人達には敬意を払って接していた。そのため城の使用人や兵士達からリーゼは好感を持たれていたが、使用人達は王子達の目がある城内でそれを表に出すわけにもいかず、それを秘めてリーゼに接していたのだ。

初めて接する、隠そうともしない好感の視線は、リーゼを大いに惑わせる。

「ど、どうしましょうゼノ……！」

こういうのは、自分の勇者が慣れている筈《はず》。リーゼはある意味では今までで最も切羽詰まって、ゼノに助けを求めた。

だがゼノは――カップに注《つ》がれたオレンジジュースを揺らしてから、口に含む。

たっぷりと時間を掛けて、キザっぽくジュースを飲んでから、ゼノは悪意に塗《まみ》れた――と、リーゼは思った――妖艶《ようえん》な笑みのみをリーゼによこして知らんぷりを決め込む。

「～っ」

その仕草に自分をからかっている事を感じると、もういい頼むものかとリーゼはゼノから視線を外す。

さて、とするとどうしたものかだが――王位を賭けて競争している以上、リーゼには警戒すべきことが幾つもある。

飲食物も、その一つだ。当然その様な手段は禁止されているものの、よほどのボロを出さなければ罰せられることはないと、手段を選ばない者は今までもいたという。

その様な事例と、既に一度どこぞの王子の手の者を差し向けられているということもあり、リーゼは申し訳ないと思いつつも王族たる責任として、料理に探査の魔法を巡らせた。

どうやら供された料理や食器の数々が安全であることを知ると、リーゼはその内の一つ、ハンバーグを小さく切って口に運ぶ。

「あ、美味《おい》しい……」

野外で供されるということもあり、ハンバーグは少し冷めていたが、その食感は新感覚。まだ脂が固まりきっていないハンバーグはジューシーながら香ばしく、味覚だけでなく食感などあらゆる面でリーゼを楽しませた。

その反応に沸き立つ町民。

人々の好意にまだ困惑しつつも、徐々に笑みを浮かべ始めるリーゼ。

――温まってきたな。

頃合いを見計らって、ゼノはゆらりと立ち上がる。

そして――轟《とどろ》くは龍の咆哮《ほうこう》。もう一つのゼノの声が、唸《うな》りを上げる。

「今日は、こんな場を開いてくれてアリガトウ。お礼に、一曲歌わせてもらおうか」

「うおおおおーっ！」

「待っていました、勇者様！」

流石《さすが》に見事なものだと、リーゼは呆《あき》れ混じりに乾いた笑いを零《こぼ》す。

自分は困惑するほどの好意に押されっぱなしだというのに、それ以上の歓声をその身に従え堂々と立つ様は、なるほど格が違う。

ギターを響かせ、人々を魅了する。その姿は、今では少し誇らしくさえ思えた。

◆

「大活躍でしたね」

「普段通りさ」

ライブを終えて、ゼノは喧騒《けんそう》を離れたリーゼの元を訪れた。

主役二人がひっそりとその姿を陰に収めたにもかかわらず、宴はまだまだ続きそうだ。

結局、騒ぐ理由がほしかっただけなのかもしれない。

リーゼはそんな光景を見て、控えめに鼻を鳴らした。

「案外これが、王族のあるべき姿なのかもしれません」

ぽつりと呟《つぶや》きを漏らす。

ゼノは、微笑《ほほえ》むでもなく、無表情をリーゼへと向ける。

「実際は、陰に引っ込んでいるというわけにもいかないと思いますけれど――人々が普通に暮らして、こんな風にたまにはしゃぐ理由を見つけては、大騒ぎする。その理由になることが出来れば、それはいい王様なのかもしれないなって」

穏やかに言うリーゼの言葉は水滴を落とすように、静かにゼノの表情を変えた。

「少し――驚いた。いや……オレは良《い》いと思う」

彼女なりの言葉で紡《つむ》がれたその考え方は、ゼノを驚かせるにたるものだった。

予想以上の反応に戸惑うリーゼだが、初めてゼノをやり込めたようで――いや、違う。

改めて、ゼノに認められたようで嬉《うれ》しくなる。

「そういう意味で言うと、あの『試練』もそれほど深く考える必要はないのかもしれませんね。適材適所と言いますか、異界より勇者を喚《よ》ぶのは間違いなく王族でなければ出来ないことですし、王は一人で王であるというわけではない……みたいな。それでも不可解な点は残るけれど、今では腐るようなことでもなかったように思えます」

はにかみを見せるリーゼに、ゼノも微笑みを返す。

磨いた技術を否定されるというのは、恐ろしいものだ。ゼノにもその経験はある。幼き少女にその重圧は如何様《いかよう》にのしかかるか――ゼノはそれを危惧していたが、どうやら納得は行かずとも折り合いは付けられたようだ。

微《かす》かだが確かに存在している気遣いを感じ取るリーゼ。二人の間に多くを語る必要のない、穏やかな空気が流れるが――それでもなお、この点については考えを深めていく必要があった。

「ゼノ」

ゼノはなんとなく、リーゼが話したい事を察した。

「『双翼の儀式』って、何なのだと思いますか？」

簡素だが様々な内容を孕《はら》んだ問いかけに、ゼノは思案する。

最初の試練を終えて、ゼノには少し不思議に思うことが幾つかあった。

『守護者』のあり方、そして世界救済の旅路に『王の選定』を混ぜ込む意味。

考えてみれば双翼の儀式には明確におかしな所が幾つも存在し、違和感の数はもう少し多い。

「……それは多分、キミが考えた方がもっと確実な答えが出るだろう」

ゼノとリーゼは、それらに気づいていたが。――だがゼノは、人の考えに思考を添わす事を得意としているが、理詰めの解答を得意としているわけではない。

歴史として残る情報に思考の残滓《ざんし》を見ることが出来ても、それは飽くまでヒント止まり。

先のモントゥス達との戦いがそうであったように、答えを出すのはリーゼの方が向いている、とゼノは思う。

「結局、もっと情報を集めるしかないっていうことですかね」

「そうなるな」

大きくため息を吐き出すリーゼ。

しかしそれは投げやりといった風ではなく、意識を切り替えるための気分転換……ゼノには、その様に感じられた。

「まあ、なんというか……どうか、それまでよろしくお願いします」

前まではしなかったような事をする。それもまた、前へ進む意思の表れだろう。

リーゼはゼノへと手を差し出す。ゼノは迷いなく差し出された手をとって、笑みを浮かべた。

答えを求めて惑うのは、ゼノも同じ。

支えるのではなく、支え合って行けるのならばそれはとても尊いことだと思う。

リーゼは、『双翼の儀式』の謎と、自分が目指すべき王の姿を。

ゼノは、『救い』を、それを実現する方法を――互いが、パートナーにそのヒントを求めている。

ならばそれまで、ゼノは運命に立ち向かうこの少女の力になろうと考えた。

――だが、運命というものは、必ずや立ち向かうモノというわけではない。

時に――

いや、殆《ほとん》どの場合が、運命《そちら》の方から現れる。

突如として、喧騒の陰にいた二人を、強烈な光が照らす。

それは燃えたぎる様な灼熱《しゃくねつ》をもって朱《あか》く、視界を染め上げた。

「え」

短く、状況にはまるで不釣り合いな間抜けな声で、リーゼが小さく声を上げる。

――眩《まぶ》しさに思わず太陽を見上げるかの如《ごと》く、ゼノとリーゼは反射的に空を見た。

夜闇のはずのそこには、何故《なぜ》だか紅《あか》く光る太陽が浮かんでおり――

街の遥《はる》か上空で爆発し、熱波と轟音《ごうおん》を撒《ま》き散らした。

「わっ……!?」

体全体を揺らすような音の振動に、リーゼは咄嗟《とっさ》に悲鳴を上げ、耳を塞いだ。

一瞬にして真昼になったかのような光が突き抜けて、そしてすぐに再び夜闇が戻る。

爆発？　そう、爆発だ。天体の様な、炎の球が宙を駆けて、爆発した。

街中に響き始める混乱の中、ゼノは誰よりも早く落ち着いて、思案を巡らせていた。

可能性として最も高いのは他の勇者の攻撃だ。少なくとも、この世界はゼノの『羽』一枚でさえ常識はずれの火力と換算出来るらしい。街の上空で破裂した火球の破壊力は、少なく見てもゼノの『羽』の数十枚分はあった。ならば、思い当たるのは『勇者』の存在しかあり得ない。

だがだとすると、火球があんな位置で炸裂《さくれつ》するのは不自然だ。

『意思を持つ災害』。ゼノは、勇者の力をそう認識している。無意味な位置で、派手すぎる照明弾の様にアレだけの力を放つ意味も道理もない。

……現時点で考えても、無意味だ。少しだけ考えて、ゼノはそう結論付けた。

それよりも情報が欲しい――ゼノが視線をやったのは、やはり『ヒト』であった。

「あっちだ」

「え!?　は、はい！」

怯《おび》え、逃げ惑う人々の流れの逆。混乱の最中《さなか》にあり、その流れは一定。ならばそちらが凶方であるのは明らかだ。

リーゼよりも冷静さの分早く、ゼノは『なにか』の存在がいる方を察知する。

人々の流れに逆らうようにして向かった先。

そこで見たものは――燃え盛り、溶け落ちる溶岩の様な、巨人であった。

「……⁉」

建造物さえ見下ろすような巨体。パルサージュには魔物がいるが、そのどれとも似つかず、そのどれよりも巨大なその身体《からだ》。

当然だがリーゼはゼノよりもこの世界の常識に詳しい。だからこそ分かる非常識。

「アレは……？」

「わかりません！　あんなの知らない……！」

一対の手と足を持ち、頭を持つ。それは正しく『巨人』であった。

想定外の事が起きている。ゼノには少なくともそれが伝わり、今はそれで十分だった。

少し乱暴にリーゼを抱き寄せて、黒い翼をはためかせる。

「きゃっ……！　何をするんですか⁉」

「アレと戦う」

「ええ⁉」

今は考えるよりも、街の人々を守るべく戦わなければならない。

威嚇か、はたまた無制御か。そのどちらにせよ、街に向けて攻撃の意志を見せるあの巨人から、街を守らなければならない。

『勇者』として、ゼノの行動は迅速であった。

「……で、でもそうだ、守らなきゃ……！」

遅れて、リーゼもその『使命』を思い出す。

……『双翼の勇者』の本質は、世界の平和を保つ事であって欲しい。なら、今は何よりも優先すべきは、人々を守ることだ。

瞳を鋭く覚悟を決めて、リーゼはゼノにしがみついた。

流れる視界のスピードの速さに、リーゼは改めてアンドリューとの戦いではとんでもない戦い方をしたものだと思い返す。

視界の先に見やる巨人は――自分が出る幕などあるだろうかというほど禍々《まがまが》しい姿をしている。だが、自分の勇者が戦うならば、邪魔にならない限りはその姿を見る義務があると感じた。

やがて、ゼノ達は街の外へと飛び出した。

巨人の大きさに距離感が狂っていたが――幸か不幸か、その姿は思っていたよりも遠く、十分に街の外で迎え撃つことが出来そうだ。

「なんて大きさ……まるで山のよう」

「正しく常識はずれ。そういうコトか」

ゼノの問いにリーゼは頷《うなず》いてから、その手を離れて地に降りた。

改めて見ると、凄《すさ》まじい。絶えず溶け落ちる灼岩《しゃくがん》に包まれたヒトの様な――だが巨大すぎるその体。

その姿は、まるで――

「おいおい……なんなんだ、あれは？」

「いや大きすぎっしょ……」

一人、リーゼが深く自らの考えに意識を潜らせていると、後ろから場には不釣り合いな調子の声が聞こえてくる。

「あ！　ゼノ様、リーゼちゃん！　いらしてたんですねっ！」

「ちっ、お前らもいたのか」

マルグレーテと七海《ななみ》のコンビだ。

この騒ぎに、彼女らも駆けつけたらしい。

「良い夜……とはいかないようだが、よく来たな」

「ふん、こっちからすればお前らこそよく逃げずに来たって所だよ」

皮肉に悪態を返す。

だが険悪なムードはない。今はお互いにその姿を確認出来たことが、嬉《うれ》しい状況にあるからだ。

「一時停戦は継続ということでよろしいですか？」

「そもそもそんな同盟を交わしたつもりはない！　……けど、今は協力する他ないだろ」

そう――あの巨人を相手にするには、力を合わせねば。

今はあの巨人を倒すだけではいけない。街を守ることこそが、何よりも肝要だ。

「しかしなんだアレは？　見たことも、聞いたこともないぞ」

「生き物……じゃないよね。すごい力を感じるけど、精霊とかそういうのって、いないの？」

「精霊の大きさはせいぜい馬車くらいなもんだ。確かにアレも実体があるかというと怪しいもんだが……」

とは言えソレが『何』であるかは、気になるところだ。マルグレーテ達が意見を交わすのを隣で聞きながら、しかしリーゼは一つ、考えに思い当たっていた。

思案に沈む表情を、ゼノが捉える。

「何か思い当たりが？」

その静かな声で、視線がリーゼへと集まる。

自分自身バカバカしい考えだとは思いながら、逡巡《しゅんじゅん》の後リーゼは答える。

「……伝説の、六柱の悪神。その一柱の、かつてこの地を支配していたという、『炎の魔神』ではないでしょうか」

それは——伝説にのみその姿を残す、かつての地上の支配者。

女神に征伐されたというその名を、リーゼは口にする。

「はあ？　ありえないだろ。六柱の悪神は、女神様に打ち倒された。だからこそ今があるんだぞ」

否定するマルグレーテに、リーゼは淡々と理《ことわり》を述べる。

「……根拠は二つです。一つは、あの力と姿そのもの。炎の力を持つ巨人という、強大な存在。その姿と一致するような記述に、思い当たりがそれくらいしかないこと」

見下しているリーゼに整然と反論されて、言い返そうとするが——その落ち着いた瞳の前に、マルグレーテは口をつぐんだ。

「二つ目は——逆に悪神のその存在についての記述だけが、やけに揺れていることです。千年以上も前の女神様の偉業や『双翼の儀式』においては細かな手順までもがほぼ完全な形で残っているにも拘わらず、同時期に存在したはずの六柱の悪神についてはただ邪悪なモノ、恐ろしいモノという記述が共通するのみで、確かな出典が見当たらないんです」

そして二つ目の理由。それはゼノが覚えた違和感の正体でもあった。

リーゼにこの世界の歴史を聞いた時、具体的に語られる『女神』に関する歴史や儀式の情報量と比べ、悪神やその配下であった『守護者』の存在については『らしい』『とされています』といった言葉が散見された。

ゼノはそこに違和感を覚えるのみで確かな何かを感じたわけではないが——英雄の物語においては、敵がどれほど強大であるかもまた重要な要素だ。女神の伝説が完璧な姿で残るのに、その敵の記述だけがあやふやというのは、確かに不自然ではある。

「例えばなんですが『悪神は封印したが倒せていなかった』なんて事があった場合、人々の混乱を避けるためにその記述を隠すなんて事は、あり得るのではないかと思いました」

リーゼ自身の推測とは少し違うが、敢《あ》えて信じやすいように、リーゼは例を提示する。

その効果は抜群で、マルグレーテの『まさか』は『もしかして』へと変わった。

「だが……なんで、それが今更蘇《よみがえ》ったっていうんだ？」

「……わかりません。封印に耐用年数でもあったか、あるいは——」

何らかの想定外の事態が発生したか。

……例えば、自分のような存在が儀式に交ざったから？　浮かんだ考えに、リーゼは頭を振った。

なんとなく結びつけてしまったが、そもそも儀式は神樹から枝を分けた女神の分身を癒やして回るというものだ。あれが『封印された悪神』だったとして、その封印に女神の子孫が関わっているとするならば何か記述が残されるはずだ。

——それよりも。

「今は、その正体に関して議論を重ねている場合ではないな」

「そ、そうでした」

静かに響くゼノの声が、二人の思考を中断させる。

記述にその姿を重ねる巨人は、街を目指して歩みを進めているのだ。

ただ歩いて通過するだけでも、街には甚大《じんだい》な被害が及ぶだろう。

その正体がなんであろうと、止めるしかない。それだけは何があっても確かなことだ。

固唾《の》を呑んでその動向を見守るリーゼ達。しかし炎の巨人はリーゼ達の姿を、あるいはその力を認識したのだろう——

「おおおおおおおおっ——！」

大地さえも揺るがすような咆哮《ほうこう》を上げると、その手を振り上げた。

ゼノが羽を展開し、七海が光の剣を構える。

本当の神話の戦いが、幕を開けようとしていた。

「少し下がっていてくれ」

ゼノに促され、リーゼはマルグレーテの手を引いて十数歩、その位置を下げた。

文句を言おうとするマルグレーテだが――

「……馬鹿だろ⁉　でかすぎる！」

巨人が振り下ろした手から放たれる、幾つかの火球を見て、代わりにそう叫んだ。

その一つ一つが、まるで星の様な――比較を出すのが難しくて、マルグレーテはまずそれをそう喩《たと》えた。

ある意味では、それは間違ってはいない。ゼノと七海が思い浮かべたのは隕石《いんせき》だったからだ。燃える星のかけら。握りこぶしほどでも容易に建築物を破壊するような、天の落涙。

その中でも、これは歴史に残るような破壊を齎《もたら》す巨岩だ。それに近いエネルギーを持つ巨大な火球が、三つ。

ゼノは、それに対して面展開した羽を一斉に射出した。

如何《いか》に巨大といえども、いちいち狙いを付けている暇はない。なにせ、それを相殺《そうさい》するには十や二十じゃ利《き》かない数の羽が必要だ。

……まるでミサイルの迎撃である。夜空に幾つもの爆発が爆《は》ぜながら、なんとか火球を道連れに消えていく。

個人でそれをやらねば、街が滅ぼうという状況。連戦の疲労と一回の攻撃に対するには割に合わない消耗が、ゼノの口から舌打ちを引き出した。

だというのに、既に巨人はもう一方の腕を振り上げている。

まるで、駄々っ子だ。ただし付き合わなければ国が滅びるというほどの、凄まじい癇《かん》癪《しゃく》。

確かにその力を喩えるのならば、神の怒り程度はなくては。

「今度は私に任せてくださいっ！」

一人でそれと対する事にならなくて、良かった。後ろに街を隠すその重みから、ゼノは心底七海に感謝する。

「レイ……シザーッ！」

たっぷりと蓄えた力を、切り払うことで放出する。

放たれた光の帯は火球をも裁断し、不安定になった力の暴走で火球が大爆発を巻き起こす。

しかし――面ではない『線』の攻撃では、一度に複数の火球を迎撃しきるのは難しかった。

「……やりそこねた⁉」

わずかに、その端を切り落とすことしか出来なかった火球は、その威力を大幅に落としつつもなお街へと迫っている。

咄嗟《とっさ》にゼノが羽を展開するが――まだ、数が足りない！　一か八か、相殺を狙うべきか――惑うゼノ。

「まさかお前と手を重ね合わせるなんてな」

「同感ですよ」

そこに、声が入り込んだ。

咄嗟に視線を向ければ、そこには身体《からだ》を密着させるほど近づけた、二人の王女の姿があった。

「『キネシスレンズ』！」

「『プラズマボルト』！」

それぞれの超魔法の名を叫ぶ二人。

僅かに早かったリーゼの前に淡い光の円が現れ、そこを後ほど生まれし雷の矢が通過する。

その瞬間、雷の矢は視認さえも難しい光と化して、一閃《いっせん》に火球を貫いた。

穴を穿《うが》たれた風船のごとく、火球が爆ぜて消える。

った。


「マルちゃん、ナイス！　さいこう！」

「何度もは出来んぞ！」

マルグレーテがこの戦いに用意してきたのは、防衛ではなく攻撃の魔法であった。

貫通力を極限まで高めた神速の矢で、王族を撃ち抜くのが彼女の考えた『必勝法』であった。

「くそっ、お披露目がこんなヤツとの協力技とは、浮かばれん……！」

「ですが見事でしたよ。おかげで、手の内が一つ知れましたが」

それはリーゼの『力場』、その中でもより攻撃に特化した『加速器』としての機能を持つ『キネシスレンズ』によって、力を失いつつある悪神の火を穿ち貫くほどの威力と化す。

悪態を吐《つ》きあう二人だが、その技ごとの相性は凄《すさ》まじく、勇者の力にも迫るほどのものであった。この場をおいては再現の可能性さえ薄いことに目を瞑《つぶ》れば、この戦いでも最強クラスの超魔法であったと言えるだろう。

しかし悲しいかな、それだけの事をして、ようやく一個の火球を落とす程度のもの。

巨人は既に、腕を振り上げている——

しかも、今回は両手をだ。その中心に、巨大な火球が生成されつつあるのを、四人はそれぞれ違う面持ちで見つめた。

「まだこれ以上があるってのか……！」

思わず、悪態を吐いたのはマルグレーテだ。

静かに力を溜め始めるゼノと七海。勇者二人の力を合わせれば、まだなんとかなるレベルではあるが――相手の底がわからない以上、ここから先は根比べになってしまう。あの巨体の保つ力は、単純な力比べで勝てるものだとは思えなかった。

……あるいは、街の守りを放棄すれば、巨人を討伐すること自体は可能かもしれない。

こちらが攻めれば敵が守ってくれるとは限らない。知らずに、あるいは意識的に、攻撃をしている最中《さなか》に街を狙われれば守る手段がない。

まるで、この世に対する怨嗟《えんさ》であると、ゼノは感じていた。言葉を持たない巨人からは、永遠の苦痛に苛《さいな》まれる恨みのようなモノを感じる。

正しくその姿は悪神と呼ぶに相応《ふさわ》しい代物だ。街を過ぎ去って満足するとは限らない巨人を倒せるならば、防御を捨てた攻撃も選択肢には含めるべき行動だが――

決断をするならば、これが最後だ。あとは、選択が遅れれば遅れるほどにその始まりは悪くなる……！

攻撃か、防御か。

ゼノの選択は――

「クアアアアアッ！」

後方より飛び出す青い光球。その咆哮に遮られた。

「誰っ⁉」

突然の、劈《つんざ》くような咆哮に驚き叫ぶ七海。

しかしその光球の中を窺《うかが》えば——

「モントゥス……！」

刃《やいば》の如《ごと》き朱爪を振りかぶる、獣人モントゥスの姿があった。

「うそっ⁉　あれ、モントゥスさんなの⁉」

ゼノの他に唯一、その姿を確認出来た七海が叫ぶ。

だが、光を纏《まと》う獣人は、明らかに巨人へとその姿を躍らせていた。

彼もまた——いいや。

彼らもまた、ここに戦いに来てくれたのだ。

思わぬ戦力の増加により、ゼノの選択に新たな選択肢が加わる。

「……七海ッ！」

「はい、ゼノ様ッ！」

ゼノは、七海にモントゥスに続く後を託した。

意図さえ告げぬその叫びに、七海は完璧に応えてみせる。

彼女こそ、ゼノの信奉者。その力はゼノの曲――光の天使を歌う『ＳＥＲＡＰＨ』によりイメージされ、生み出されたものだ。初めて七海の力を見た時にゼノが感心を口にしたのは、その力に込められた思い入れを感じ取ったが故のもの。

七海とゼノとの直接の付き合いは、この世界を訪れてからと限りなく短い。だが七海は、ゼノの生み出す世界観に浸り、ゼノとの時を妄想し続けた。

――解釈一致。それ故に、その一言で七海はゼノからの指示を受け取ってみせる。

巨人に肉薄したモントゥスが、その爪を振り下ろす。朱爪より放たれし五条の刃が、今もなお掲げられる巨大な火球へと叩《たた》きつけられ、力と力のぶつかり合いで爆炎を巻き起こす。

散らされ、一気に拡散する炎がモントゥスを飲み込むが――その珠玉の防御魔術が、その身を一度きり、完璧に守り抜いた。

「ああもう、なんであんなのと戦う必要があるんだよ！　さっさと逃げてしまうべきだろ！」

その力に不釣り合いな泣き言が響く。

この魔法の生みの親、モントゥスのパ、ー、ト、ト、ナ、ー、であるアンドリューだ。

「お互い下がりきった男を上げるには、これくらいせねばな！」

その関係性からは主従という要素が消えており、どちらかというとモントゥスを上としつつも、フラットなものに近づいている。

一見どうしようもないように見えつつも、なんだかんだでこの場に姿を現した。それこそが、アンドリューに訪れた最大の変化だ。

「腑抜《ふぬ》けたわけではないのだろう！　なにか思惑があるのならば、さっさとやってしまえ、ゼノ！」

そして、モントゥスも。叱咤《しった》激励の形を取りながらも、確かな信頼をもってゼノへと言葉が投げつけられる。

——再び、悪神は腕を振り上げつつある。ゼノはそれを見ながらも、不敵に笑みを浮かべた。

「ああ、頼む」

飽くまでもクールに、堕天使は仲間に防御を任せて、ギターを取り出した。

——ゼノに加えられた新たなる選択肢。それは——対話であった。

言葉を発せぬ巨神。しかしその姿からは全くの知性が感じられないというわけではなかった。

恐らくは、悶《もだ》え、苦しみ──

「オマエは──助けてほしいのか？」

そして、助けを求めている。

『六柱の悪神』。『悪神の住処《すみか》であった場所に立つ神樹』。リーゼから与えられた情報の数々は、確信は持てずともゼノにあるイメージを想起させていた。

『試練』を受けた場所にて、声が聞こえた気がする。ともすれば、聞き逃していた、勘違いだろうと思っても仕方がない小さな小さな声。

何故《なぜ》『儀式』が繰り返されてきた中で、今になってこのような存在が現れるのか？

……ゼノは、そこに救いを求め伸ばされる手の姿を見ていた。

だが恐らく今のままでは、悶え苦しみ、暴れる巨神に通常の声は届かないだろう。

だからこそ、ゼノは自らのもう一つの『声』を通して語りかけることに決めた。

ゼノには言語をも超えて、感情の色を直接届けるような演奏の技術がある。しかしそれは技術というよりも、ゼノの感性によって生み出された『感覚』だ。

自身の想《おも》いを曲として、それぞれ違う聴者に、同じ印象を与えるように出力する能力。

それが、ゼノのもう一つの『声』だ。

ゼノがギターを掻《か》き鳴《な》らすと、勇ましく、呼びかけを続ける様な旋律が辺りに響き渡る。

その意図を疑う者がいる一方で、しかしこの場の全員がそこに同じ『詩』を感じていた。

暴れる巨神とて、それは例外ではなく――

「おいおい、あいつは何をした……⁉」

更に暴れ狂う巨神を見て、マルグレーテが焦《あせ》りの声を上げる。

無秩序に、溶岩の身体が蠢《うごめ》いている。それは、苦しみに悶えるように見えた。

事実その通りなのだろうとゼノは思う。『声』を聞いた何者かが、苦しんでいるのだろうと。

振り乱された巨神の腕が、無数の火球を生み出す。しかしその幾つかは、形を保てずに消えていった。

「街を頼む」

迫る火球を見据えてから、ゼノはそれだけを言い残して巨神へと向かい飛び立っていった。

火球の速度はその巨大さを考慮しても遅く見え、既に放たれているそれは街に向かっている。

ゼノはそれを仲間達に託し、地面を滑るように飛翔《ひしょう》した。

「自由かよ！」

いきなり演奏を始めたと思ったら巨神が暴れだし、それを押し付けて巨神へと向かう。

リーゼと七海を除いた全員の気持ちを、マルグレーテが代弁した。

しかし任されたからには、応えなければ。それは、ほぼ全員がそう思っていた。

まずは、モントゥスが飛び上がった。その真価を近接攻撃に置くが故、最大の威力でそれを発揮すべく、火球へと向かう。

「男を見せろよアンドリュー！」

「うるさいな！　とっくにやってるだろ！」

文句を言いつつ、心中ではゼノに悪態を吐きつつも、アンドリューがモントゥスへとバリアを施した。

これにより、モントゥスは爆発の余波を気にせずその力をぶつけることが出来る。

思うところはありつつも、一先《ひとま》ずはモントゥスに見放されぬようにと、街を守るために動いた形だ。

「……」

七海は、ゼノの言いつけを守るべく、かつてないほどに集中していた。

よく喋《しゃべ》る普段の明るさを潜めて、未来の世界に降り立つ天使『ＳＥＲＡＰＨ』と自分とを重ねていく。

マルグレーテは本気を出す七海の姿を見て、忌々《いまいま》しげに舌を打つ。

その力はわたしの為《ため》に振るわれるべきだろうが。かつてないやる気を出す少女に、嫉妬を覚えつつも——

「……やるぞ。悔しいが、今のわたし達じゃ、半人前だからな」

「ええ、その通りです。力を、貸してください」

「違うな、お前がわたしに貸すんだよ！」

街を守るべく、『宿敵』であるはずのリーゼに、その力を乞うた。飽くまでも、自分の意思が主体であると主張するように。

リーゼは——確固たる意志を決めて、曲げぬ意志を貫き通すために、その真っすぐな力を借りる事にする。

偉大なパートナーに託されたモノを、自らの矜持《きょうじ》を、人々を守るために。

「だから——あとは任せました……ゼノ！」

そして、信じた。何を考えているか分からない、最強のパートナーを。

——ゼノは背中にそれらの想いを無秩序に順序なく感じ、故に一切を顧みることなく、苦しむ巨神へと翔《と》んだ。

横で、背で、あらゆる所で轟音《ごうおん》が響き、吹き荒れる熱波がゼノの肌を灼《や》く。

幾つもの太陽が爆《は》ぜる中を、黒き風が吹き抜けた――！

飛翔の勢いは何ら衰えぬまま、ゼノをそのブラックダイヤ《異名》の通りに黒く輝かせる。

ゼノは、巨神に肉薄すると――思い切り、弓引くように手を構えた。

黒いネイルが、きらめく――誰もが、攻撃のためだと思ったそれを、ゼノは勢いのまま、腕を巨神へと突き立てる――！

「やった⁉」

思わず声を上げたのは、この戦いの終わりを誰よりも強く願うアンドリューだった。

「しかし、アレは――！」

危惧したのは、モントゥスだ。燃え盛る炎の身体《からだ》に手を突っ込んで、無事でいられるのだろうかと。

祈るような気持ちで、乙女達がその様を見守っていた。

祈るのは同じくして、一人。リーゼだけが――ゼノの行動を理解している。勇ましく呼びかけるような楽曲は、正しくその通りの意図をもって巨神へと伝わったと。

ならばゼノの行動は一つ、変わらないはずだ。

救済。己の夢をつかむべく、助けを求めるその手を取ろうとするはずだ。

「……っ」

腕に伝わる熱に焼かれる様な痛みを受けて、ゼノははじめて苦悶《くもん》の表情を浮かべる。

実際に肌が焼かれているわけではない事を、ゼノはついでの様に感じていた。ゼノには知るよしもなかったが、それは炎に形を変えた『呪い』であった。

体ではなく心を焼く焔《ほのお》だ。如何《いか》に肉体へのダメージはなくとも、その痛みは現実のそれとまるで変わりはない。それどころか、焼かれて死んでいく組織とは違い身を侵す呪いは褪《あ》せぬ苦痛を与え続ける。

しかしそれもゼノにとっては目的の過程で体感した「ついで」に過ぎなかった。

掲げ続けてきた夢である『救済』――助けを求める者へと手を伸ばす。助けを求める者の正体が分からなくても、助けを求めているかさえも分からなくても――何もかもわからないからこそ、それを摑《つか》むことが出来れば何かが変わるかもしれない。

自らの夢を摑むために手を伸ばす。骨までも灼く程の呪いの焔も、ゼノにとってはついでに過ぎなかった。

もはやそれは執念とも言える。その苦痛にわずかに顔を歪《ゆが》めつつも、ゼノはただ手を伸ばす。

そして――巨神の体に何かを探りあてると、それを摑みとった。

「巨神が――!?」

「なんだ⁉　やったのか……⁉」

するとみるみるうちに巨神は黒ずんでいき、その熱を失っていく。

炎の化身から失われていく『熱』の存在に、誰もが決着を疑わなかったが――その結末は、予想とは違う形で訪れた。

ゼノが一気に手を引き抜くと、そこからは――ひと目見て人ならざると分かる、しかし絶世の美女が現れた。

揺蕩《たゆた》い、輝く炎の髪を持った美女は、眠るように目を瞑《つぶ》っている。

「な、何をしている……⁉」

「分かんない……けど、女の人が……？」

『勇者』の力を持つ者だけが、そのシーンを捉えていた。

ゼノがその美女を抱き寄せると、巨神の身体がぼろぼろと、灰のようになって崩れ去っていく――

完全に巨神が崩れ落ちるのと同じくして、美女は眼《め》を開いた。

暫《しばら》くは何が起こったか分からなかったのだろう、きょとんとした表情を浮かべる美女は、やがて微笑《ほほえ》みを浮かべると、人間には聞こえぬ『声』をその口から紡《つむ》ぎだす。

『ああ――汝《なんじ》か。我が声に応えてくれたのは』

ゼノの超感覚ではなく、ゼノの心に直接聞こえて来る声だ。

ゼノは静かにその声を聞き入れる。

『感謝するぞ。よくぞ貶《おとし》められし我を救うてくれた。汝が求むる時、我は汝に力を貸そう』

全てを分からぬままに、ゼノはその声を聞いて、そして視線をもって返答とした。

……時間にすれば数秒の、たったそれだけのやりとり。少しの言葉と視線を交わすと、炎の髪を持つ美女は、火が消えるようにふっと姿を消した。

見送るように、ゼノはどこかを見つめて、やがて踵《きびす》を返《かえ》す。

何でもない風に、仲間達の元へと歩いて向かうゼノはたっぷりの焦《じ》れったさを与えて、ようやくリーゼ達の元へ帰還した。

「ゼノ！」

我慢が出来なくて、リーゼはゼノに駆け寄った。

それはそうだろう。何もかもが、分からないことだらけだ。

ただでさえ『試練』や何かで考えることが多いのに、呼び出した勇者はひどい無茶をする。これ以上悩みを増やさないで欲しいものだと、リーゼは心中で頰を膨らましている。

「何が起きたんですか？　さっきのは……」

そんな憤《いきどお》りはひとまず収めて、謎の海原の中で一枚の板に縋《すが》るような気持ちで、リーゼは問いかけた。

「さあ……良くは分からない。ただ――」

だがそれはゼノにさえわからない。……とはいえ、それも当たり前だろう。

この間まで、神秘なき世界に生きていたのだ。女神だの、神だのと言われてもわからないのは当たり前。

まして、正体不明の巨神から現れた美女とあっては――ゼノよりは多くのヒントを持っているであろうリーゼが考えてもわからないことが、分かるはずがない。

ただ、一つだけ分かることがある。

「オレは、救いを求める声《オレをよぶこえ》――それに、応えただけだ」

それは、あの美女が巨神の中で、救いを求めていたということだ。

そしてゼノはそれに応えた。いつも通りに、己のアイデンティティを果たした――それだけが、確かなコト。

「自由かよ……」

再び、マルグレーテが呆《あき》れから吐息を漏らした。

突然叩《たた》き起《お》こされて、もしかしたら伝説の悪神かもしれないものと戦って、得られたモノがこれだけでは報われないにも程がある。

……いや、本当にそうだろうか？

確かに望んだ情報は得られなかったかもしれないが、最初に飛び出した時願ったのは、そんなことではなかったはずだ。

「うおおおおーっ！　勇者様がやったぞーっ！」

「わっ！　な、なんだ⁉」

突然背中で響いた大音量の歓声に、マルグレーテが身を縮こまらせた。

振り返れば、そこには様子を見に来た大勢の人々が並んでいた。

突然現れた巨神の姿に怯《おび》え惑い、逃げ出した街の人達だ。

恐怖と絶望に支配されて、しかし生まれ育った街を捨てきれずに、様子を窺《うかが》いに来た人々。

それは――はじめ、リーゼやマルグレーテが守ろうとした人々だった。

勇者様があの巨神を退けたと、各々《おのおの》が精一杯に上げる歓声は振動となってマルグレーテの身体を揺さぶる。

「うるっさい！　声が大きいぞ！」

その振動のむず痒《がゆ》さ、免疫がない称賛の声が小恥ずかしくて、マルグレーテは怒声の様に叫ぶ。

「ありがとう……！　ありがとうございます！」

「私達の街を救ってくれて、ありがとうございます……！」

だが小さな少女のその声は、幾百幾千もの人々の声にかき消された。

そうでなくとも——守るべき人々の上げる感謝の声に、マルグレーテは言葉を失う。

彼女もまた、リーゼと同じ様に人の好意に対して耐性がなかったから、それがむず痒くて仕方がない。

「よかったじゃーん！　お礼言ってくれてるよー！」

「ああ⁉　聞こえないぞナナミ！」

大歓声の中、大声で意思疎通を試みる七海《ななみ》。

マルグレーテはその声をなんとか聞き取りつつも、そう応えた。

何をこんなに騒いでいるのか、鬱陶しい。そう思いつつも、マルグレーテは心のより深い部分で興奮を感じていた。

望む以前に、知りさえもしなかったもの。それは、マルグレーテの心に大きな影響を及ぼしていた。

歓喜の波は、永遠に続くかのような熱量を湛《たた》えていた。だが夜通し世界の破滅や否《いな》やという瀬戸際《せとぎわ》を見守っていた市民達にも疲れがあったのだろう、英雄達を褒《ほ》め称《たた》える声には疲れからか安堵《あんど》のため息が混じり、徐々に落ち着いていく。

声が収まっていくのを、どこか名残惜しいように見つめるマルグレーテ。マルグレーテよりも少しだけ先にその感情を知るリーゼは、その表情を窺い、笑みを浮かべるだけの余裕があった。

……そう、自分達は、未曽有の危機から街を守った。

微々たるものではあっても、確実に『勇者』の力となって。それはリーゼにとって『印』を手に入れた時よりも、アンドリューに勝った時よりも、ずっと素晴らしい充足感を覚えさせるものだった。

やっぱりそうだ。自分は、どうせ戦うならば人々の笑顔を守るために、戦いたい。そのための手段を持たない自分には、まだ理想でしかないが——いずれは、自分の力でそのための答えを出したい。

一先《ひとま》ず、リーゼは決意を新たにした。

……自分の目的が定まる度に、わからないことが増えていく。あの女性の存在はなんだったのだろう？　自分なりの推測はあっても、答えを出してくれる者はいない。

それでも——少しずつ、歩みを進める事に意味がある。その結果としてこの光景があるのだから――

ゼノと視線を交わらせると、ゼノは意味ありげに微笑んだ。

キザったらしくて、よくわからないヒト。最初はそう思ったけれど、人々の力になりたいと、歩むことを止めなかった彼が、今は誇らしく思える。

相変わらず、何を考えているのかはわからないけれど。

「傾注せよ！」

人々の歓声が収まってきた所で、ゼノはギターを構える。エネルギッシュな轟《とどろ》きが、再び人々の歓声を盛り上げた。

パルサージュの人々は、滅多なことでは徹夜なんてしない。そうして起きているだけの理由がないからだ。

慣れない徹夜で世界の行く末を見守っていた市民達の疲れは限界に近かったが、ゼノのギターはそんな疲れをふっ飛ばした。

またあの音楽が聞けるのかと、人々の興奮は先程以上の最高潮だ。

ただし、ゼノの音楽を聞くためにその声は抑えられていたが――

その空気感に、七海は既視感を覚えた。それは、ライブ前の興奮にそっくり――いいや、そのものだったからだ。

「こうしちゃいられないっ！」

その両手に、光の棒が握られる。光の能力で生み出したサイリウムである。

そのカラーは、ゼノのイメージカラーである紅を。

「くそ、せっかく静かになってきたのにまたこうなるのか……」

文句を言いつつも、マルグレーテさえ動こうとはしなかった。

すっかりと魅了された街の人々を煽《あお》るように、七海が最前列へと立つ。

意味がわからないといえば、七海のそれもそうだ。あの光の棒には何の意味があるのですかと、今度ゼノに聞いてみようか。リーゼは脱力した思考で、そんな事を思う。

「オレ達に縋り、よくぞ集まった。迷えるパルサージュの民達よ――」

演奏の準備として観客達へと言葉をかけ始めるゼノを見て、リーゼは思う。

二つだけ、ゼノについてわかったことがあると。

「オレの名はゼノ。救済を掲げ『神界《パライソ》』より舞い降りし『救済の黒天使《ブラックダイヤ》』――そして」

一つは、その目的。邪悪なメイクを施して、妙に持って回った言い方をするクセに優しくて、誰かの助けになりたいと前へ進み続けるすごいヒト。

「『双翼の勇者』――リーゼ姫が『対のツバサ』。世界を救済するその誓いとして、オマエ達に歌を送ろう――」

そしてもう一つ。ゼノは少なくとも、自分よりもっとずっとタフだということだ。

リーゼの名を呼び、自らをその対のツバサと名乗ったゼノは、これより紡がれるその歌の名を告げる。

「送る曲の名は——『ノクタリカ』！　さあ——我が声に魂を委ねよ！　これがオレの、新たなる領域《ステージ》だ——！」

ノクタリカ。それは夜闇の中不確かな足元を照らす微《かす》かな光に気づく少女の物語。

パルサージュにおける公的なゼノの『ファーストライブ』は、『ゼノ』の始まりの曲をもって告げられた。

目を閉じて、その歌に身を委ねるリーゼ。

どこまでもエネルギッシュで、騒がしいまでに力強い音楽は、リーゼの身体《からだ》に染《し》み込むように、すっと浸透していくのであった。

あとがき

はじめましての方もそうでない方も、まずは『堕天使設定《だてんしせってい》のV系《ブイけい》ヴォーカリスト、召喚《しょうかん》された異世界《いせかい》で救世主《きゅうせいしゅ》となる』を手にとっていただきありがとうございます、赤石《あかし》赫々《かっかく》と申します。

長いものでこれで世に送り出すことができました本も五シリーズ目となります。本当に感謝しております。

読者の皆様方はもちろん、担当編集さん、校正さん、イラストレーターのマシマサキ様、多くの方のお陰で今こうして新作を送り出すことができました。

何かと至らぬことが多いこの身に余る光栄でございます。本当に、ありがとうございます！

この本を手にとってくださった皆様にはこの本はどう映りましたでしょうか。

個人的には色々と新しいことにチャレンジできて、気に入っております。

『ゼノ』という男にはヴィジュアルや性格など、作者的な好きをこれでもかと詰め込んだので、もしもそれが皆様に受け入れられれば至上の喜びでございます。

と、言ったところであとがきの文字数も余裕がなくなって参りました。

色々と見てくれ！　というポイントもあるのですが、長々語るのも無粋かもしれませんし、今回はこれくらいで筆を擱《お》くといたしましょう。

願わくは、二巻でまたお会い出来ることを祈っております……！

赤石赫々

富士見ファンタジアア文庫

堕天使《だてんし》設定《せってい》のV系《ブイけい》ヴォーカリスト、
召喚《しょうかん》された異世界《いせかい》で救世主《きゅうせいしゅ》となる
1st《ファースト》 黒《くろ》き翼《つばさ》の序曲《オーヴァチュア》

令和5年8月20日　初版発行

著者――赤石赫々《あかしかっかく》

発行者――山下直久
発　行――株式会社KADOKAWA
〒102-8177
東京都千代田区富士見2-13-3
0570-002-301（ナビダイヤル）
印刷所――株式会社暁印刷
製本所――本間製本株式会社

ISBN978-4-04-075104-7 C0193　◇◇◇

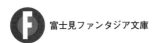

切り拓け！キミだけの王道
ファンタジア大賞
原稿募集中！
賞金
《大賞》300万円
《金賞》50万円
《銀賞》30万円
選考委員
細音啓「キミと僕の最後の戦場、あるいは世界が始まる聖戦」
橘公司「デート・ア・ライブ」
羊太郎「ロクでなし魔術講師と禁忌教典《アカシックレコード》」
ファンタジア文庫編集長
前期締切 8月末日
後期締切 2月末日
公式サイトはこちら！ https://www.fantasiataisho.com/
イラスト／つなこ、猫鍋蒼、三嶋くろね